U0505265

文
景

Horizon

社 科 新 知　文 艺 新 潮

伐木：一场情感波澜

Holzfällen. Eine Erregung

[奥地利] 托马斯·伯恩哈德 著

马文韬 译

上海人民出版社

目 录

特立独行的伯恩哈德——伯恩哈德作品集总序

　　托马斯·伯恩哈德（1931—1989）是奥地利最有争议的作家，对他有很多称谓：阿尔卑斯山的贝克特、灾难作家、死亡作家、社会批评家、敌视人类的作家、以批判奥地利为职业的作家、夸张艺术家、语言音乐家等。我以为伯恩哈德是一位真正富有个性的作家。叔本华曾写道："每个人其实都戴着一张面具和扮演一个角色。总的来说，我们全部的社会生活就是一出持续上演的喜剧。"[1]伯恩哈德是一位憎恨面具的人。诚然，在现实社会中，绝对无遮拦是不可能的，正如伯恩哈德所说："您不会清早起来一丝不挂就离开房间到饭店大厅，也许您很愿意这样做，但您知道是不可以这样做的。"[2]是否可以说，伯恩哈德是一个经常丢掉面具的人。1968年在隆重的奥地利国家文学奖颁奖仪式上，作为获奖者的伯恩哈德在致辞时一开始便说"想到死亡，一切都是可笑的"，接着便如他在其作品中常做的那样

1　叔本华：《叔本华思想随笔》，韦启昌译，上海人民出版社，2003年，第106页。

2　Thomas Bernhard, *Gespraeche mit Krista Fleischmann*, Suhrkamp, 2006, p.43.

1

批评奥地利，说"国家注定是一个不断走向崩溃的造物，人民注定是卑劣和弱智……"，结果可想而知，文化部长拂袖而去，文化界名流也相继退场，颁奖会不欢而散。第二天报纸载文称伯恩哈德"狂妄"，是"玷污自己家园的人"。同年伯恩哈德获安东·维尔德甘斯奖，颁奖机构奥地利工业家协会放弃公开举行仪式，私下里把奖金和证书寄给了他。自1963年发表第一部长篇散文作品《严寒》后，伯恩哈德平均每年都有一两部作品问世，1970年便获德国文学最高奖——毕希纳奖。自1970年代中期，他公开宣布不接受任何文学奖，他曾被德国国际笔会主席先后两次提名为诺贝尔文学奖候选人，他说如果获得此奖他也会拒绝接受。不俗的文学成就，使他登上文坛不久便拥有了保持独立品格所必要的物质基础，使他能够做到不媚俗，不迎合市场，不逢迎权势，不为名利所诱惑，他是一个连家庭羁绊也没有的、真正意义上的富有个性的自由人。如伯恩哈德所说："尽可能做到不依赖任何人和事，这是第一前提，只有这样才能自作主张，我行我素。"他说："只有真正独立的人，才能从根本上做到真正把书写好。"[1]"想到死亡，一切都是可笑的。"伯恩哈德确曾很早就与死神打过交道。1931年，

1　Thomas Bernhard, *Gespraeche mit Krista Fleischmann*, Suhrkamp, 2006, p.110.

怀有身孕的未婚母亲专门到荷兰生下了他，然后为不耽误打工挣钱，把新生儿交给陌生人照料，伯恩哈德上学进的是德国纳粹时代的学校，甚至被关进特教所。1945年后在萨尔茨堡读天主教学校，伯恩哈德认为，那里的教育与纳粹教育方式如出一辙。不久他便弃学去店铺里当学徒。没有爱的、屈辱的童年曾使他一度产生自杀的念头。多亏在外祖父身边度过的、充满阳光的短暂岁月，让他生存下来。但长期身心备受折磨的伯恩哈德，在青年时代伊始便染上肺病，曾被医生宣判了"死刑"，他亲历了人在肉体和精神瓦解崩溃过程中的毛骨悚然的惨状。根据以上这些经历，他后来写了自传性散文系列《原因》《地下室》《呼吸》《寒冷》和《一个孩子》。躺在病床上，为抵御恐惧和寂寞他开始了写作，对他来说，写作从一开始就成为维持生存的手段。伯恩哈德幸运地摆脱了死神，同时与写作结下不解之缘。在写作的练习阶段，又作为报纸记者工作了很长时间，尤其是报道法庭审讯的工作，让他进一步认识了社会，看到面具下的真相。他的自身成长过程和社会经历构成了他写作的根基。

说到奥地利文学，在第二次世界大战后，要首先提到两位作家的名字，这就是托马斯·伯恩哈德和彼得·汉德克，他们都在1960年代登上德语国家文坛。伯恩哈德1963

年发表《严寒》引起文坛瞩目，英格博格·巴赫曼在论及伯恩哈德1960年代的小说创作时说："多年以来人们在询问新文学是什么样子，今天在伯恩哈德这里我们看到了它。"汉德克1966年以他的剧本《骂观众》把批评的矛头对准传统戏剧，指出戏剧表现世界应该不是以形象而是以语言；世界不是存在于语言之外，而是存在于语言本身；只有通过语言才能粉碎由语言所建构起来的、似乎固定不变的世界图像。伯恩哈德和汉德克的不俗表现使他们不久就被排进德语国家重要作家之列，并先后于1970年和1973年获得最重要的德国文学奖——毕希纳奖。如果说直到这个时期两位作家几乎并肩齐名，那么到了1980年代，伯恩哈德的小说、自传体散文以及戏剧的成就，特别是在他去世后的1990年代，超过了汉德克，使他成为奥地利最有名的作家。正如德国文学评论家赖希-拉尼茨基所说："最能代表当代奥地利文学的只有伯恩哈德，他同时也是我们这个时代德语文学的核心人物之一。"伯恩哈德创作甚丰，他18岁开始写作，40年中创作了5部诗集、27部长短篇散文作品（亦称小说）、18部戏剧作品，以及150多篇文章。他的作品已译成40多种文字，一些主要作品如《历代大师》《伐木》《消除》《维特根斯坦的侄子》等发行量早已超过10万册，他的戏剧作品曾在世界各大主要剧场上演。伯恩哈德逝世后，他的戏剧作品在不断增加，原本被称为散文作品或小说的《严寒》《维特根斯坦的侄子》《水泥地》和《历代大师》等先后被搬上了舞台。

以批判的方式关注人生（生存和生存危机）和社会现实（人道与社会变革）是奥地利文学的传统，伯恩哈德是这个文学链条上的重要一环。如果说霍夫曼斯塔尔指出了普鲁士式的僵化，霍尔瓦特抨击了市侩习性，穆齐尔揭露了典型的动摇不定、看风使舵的卑劣，那么伯恩哈德则剖析了习惯的力量，讽喻了对存在所采取的愚钝的、不加任何审视和批评的态度。他写疾病、震惊和恐惧，写痛苦和死亡。他的作品让人们看到形形色色的生存危机，以及为维护自我而进行的各种各样的努力和奋斗。这应该说不是文学的新课题，但伯恩哈德的表现方法与众不同，既不同于卡夫卡笔下的悖谬与隐喻，也不同于荒诞派所表现的要求回答意义与世界反理性沉默之间的对峙。伯恩哈德把他散文和戏剧中人物的意图和行为方式推向极端，把他们那些总是受到威胁、受到质疑的绝对目标，他们的典型的仪式，最终同失败、可悲或死亡联系在一起。他们时而妄自尊大，时而失落可怜；他们所面临的深渊越艰险，在努力逃避时就越狼狈。如果说伯恩哈德早期作品中笼罩着较浓重的冷漠和严寒气氛，充斥着太多的痛苦、绝望和死亡，那么在后期作品中，他常常运用的、导致怪诞的夸张中，包含着巧妙的具有挑战性的幽默和讽刺。这种夸张来自严重得几乎令人绝望的生存危机，反过来它也是让世界和人变得可以忍受的唯一的途径。伯恩哈德通过作品中的人物说，我们只有把世界和其中的生活弄得滑稽可笑，我们才能生活下去，没有更好的方法。从这个意义上说，夸张也是克服生存危机的主要手段。

让我们先概略地了解一下他的主要作品的内容，虽然介绍作品的大致情节实际上不能很好地说明他的作品，因为他的作品，无论有时也称作小说的散文，还是戏剧，都不注重情节的建构。

他的成名作是小说《严寒》（1963），情节很简单：外科大夫委托实习生去荒凉的山村观察隐居在那里的他的兄弟——画家施特劳赫。26天的观察日记和6封信就是这部小说的内容，作为故事讲述者的实习生，随着观察感到越来越被画家的思路所征服，好像进入了他的世界。通过不断地引用画家的话，他的独白，展示了他的彷徨、迷惘，他的痛苦和绝望。他不能像他做医生的兄弟那样有成就，因为他的敏感和他的想象使他无法忍受自然环境的残暴。建造工厂带来的污染使他呼吸不畅；战争中大屠杀留下的埋人坑，让他感到空气似乎都因死者的叫喊而震颤。孤独、失败和恐惧使他愤懑，于是他便用漫无边际的谩骂和攻击来解脱。最后他失踪在冰天雪地里。事实表明，他的疾病是精神上的，他整个人都在瓦解，好像在洪水冲刷下大山的解体。

他的第二部长篇《精神错乱》（1967）可以作为第一部长篇的延伸，是直面瓦解和死亡的一部作品。医生欲让读大学的儿子了解真实的世界，便带他出诊。年轻人客观地叙述他所见到的充满愚钝、疾病、苦痛、疯癫和暴力的世界。他所见到的人，或者肉体在瓦解、在腐烂，如磨坊主一家；或者像把自己关在城堡里的、精神近于错乱的侯爵骚劳，他见到医生无法自制，滔滔不绝讲述起世界的可怕和无法理解。这个世界是一座死亡的学校，到处是冰冷、病态、癫狂和混乱，树林上空飞着鲨鱼，人们呼吸的是符号和数字，概念成了我们世界的形式。骚劳侯爵那段长达100多页的独白，像是精神分裂者颠三倒四的胡说八道，实际上是为了呼吸不停顿、为了免得窒息而亡的生存方式。长篇《石灰厂》（1970）的主人公退居到一个废弃的石灰厂里从事毕生所追求的关于听觉的试验。在深知自己无力完成这项试验后，他杀死了残疾的妻子，结束了自己的生命。长篇《修改》（1975）中，家道殷实的主人公不去管理家业，却专心致志耗费大量资金为妹妹造一座圆锥体建筑物，建成后，妹妹走进去却突然死亡。一心想让妹妹在此建筑中幸福生活的建造者，也随之结束了自己的生命。《水泥地》（1982）的主人公计划写一篇关于一位作曲家的学术论文，但姐姐的来访和离去都使他无法安心写作，于是他便出去旅行，期望能在旅行中安静思考。在旅馆里他想起一年半前在此度假的一个不幸的女人，她的丈夫在假期中坠楼身亡。主人公到墓地发现，墓碑上这个男人姓名的旁边竟然刻着那女人的名字。回到旅馆后他心中再也无法平静。音乐评论家雷格尔是《历代大师》（1985）的主人公，定期到艺术史博物馆坐在展览厅里注视同一幅油画。他认为只要下功夫去寻找，任何大师的名作都有缺点，而只有找出他们的缺点，他们才是可以忍受的。他恨他们同时他又感谢他们，是他们使他留在了这个世界上。但当他的妻子去世时，他才发现，使自己生活在这个世界上这么久的其实不是历代大师，而是他的妻子，他唯一的亲人。《消除》（1986）的主人公木劳为拯救他的精神生活，必须离开他成长的家乡。由于父母（当过纳粹）和兄弟遇车祸死亡，他不得不返乡。这次逗留使他看得更清楚，必须永远离开他的出生之地。他决定去描写家乡，目的是打破普遍存在的对纳粹那段历史的沉默，把所描写的一切消除掉，包括一切对家乡的理解和家乡的一切。《消除》使人想起了许多纳粹时代的、人们业已忘记了的罪行。传统的权威式教育，以及天主教与哈布斯堡王朝的合作，伤害了人们的思考能力，奥地利民族丧失了精神，成为彻底的音乐民族。

以破坏故事著称的伯恩哈德，他那有时也被称为小说的长篇散文当然没有起伏跌宕的情节，但是他对人们弱点的揶揄，对世间弊端的针砭，对伤害人性的习俗和制度的抨击，对人生的感悟，的确能吸引读者，让读者在阅读过程的每个片段都能得到启发。比如《水泥地》中对医生的批评，对慈善机构的斥责，对所谓对动物之爱的质疑，以及对不赡养老人的晚辈的讽刺；《历代大师》中对艺术人生的感悟，对社会上林林总总文化现象的思索，对社会进步的怀疑——吃的食物是化学元素，听的音乐是工业产品，以及对繁琐、冷漠的官僚机构的痛斥，等等。伯恩哈德作品的另一特点是诙谐和揶揄，把夸张作为艺术手段。比如对于《历代大师》中对包括歌德和莫扎特在内的大师们的恶评，在阅读时就不能断章取义，也不能停留在字面上，应该读出作者的用心，一方面是让人破除迷信，另一方面以此披露艺术评论家的心态，揶揄他们克服生存危机的方式。他对家乡、对他的祖国奥地利大段大段的抨击也是如此。奥地利不是像作品中所说的纳粹国家，但纳粹的影响确实没有完全消除；维也纳不是天才的坟墓，但这里的狭隘和成见也的确让许多天才艺术家出走。他的小说不能催人泪下，但能让你忍俊不禁，让你读到在别人的小说里绝对读不到的文字，从而思路开阔，有所感悟。

伯恩哈德的戏剧作品中主人公维护自尊自立、寻求克服生存危机的方式，不像他小说的主人公那样，把自己关闭在一个地方离群索居，或在广漠的乡村，或在一座孤立的建筑物中，不能不为一个计划、一个目标全力以赴，其结局或者怪诞，或者遭遇不幸和失败；而是运用仪式和活动，他们需要别人参加，而这些人到头来并不买账，于是主人公的意图、追求的目标往往以失败告终。比如他的第一个剧本《鲍里斯的节日》（1970）中，主人公是一个失去双腿的女人，她把失去双腿的鲍里斯从残疾人收养院里接了出来并与其结婚。女人强烈地想要摆脱不能独立、只能依赖他人的处境，于是便举行庆祝鲍里斯生日的仪式。她从残疾人收养院里请来13位没有双腿的客人，满足她追求与他人处境相同的欲望，对她的健康女仆百般虐待凌辱，并令其在仪式上坐轮椅，通过对他人的贬低和奴役来克服自己可怜无助的心态，通过施恩于更可怜的人得到心理上的满足。这一天不是鲍里斯的节日，而是女主人公的节日，鲍里斯在仪式结束时突然死去。1974年首演于萨尔茨堡的《习惯的力量》中，主人公马戏班班主、大提琴师加里波

10

第，为了克服疾病、衰老和平庸混乱的现状，决定组织一个演奏小组，让马戏班的小丑、驯兽师、杂耍演员以及自己的外孙女同他一起精心排练演出弗兰茨·舒伯特的《鳟鱼五重奏》。他利用自己的权力，恩威并施地去实现这个理想，年复一年怪诞的演练变成了马戏班的常规。目的不见了，习惯掌握了权力。尽管演奏组成员不能挣脱最基本的习性和需求，排练经常变成相互厮打，与意大利民族英雄加里波第同名的马戏班班主成了习惯力量控制的奴隶。在1974年首演于维也纳城堡剧院的《狩猎的伙伴们》中，一位只配谈论死亡供人消遣的戏剧家，在将军的狩猎屋里与将军夫人打牌，谈论将军的重病，以及当初曾为将军提供庇护的这座森林发生的严重虫灾。在斯大林格勒失掉一条胳膊的将军，有权有势的强者，在听到作家告诉他其妻一直隐瞒的真相后开枪自杀了。所谓的生存的主宰者自己反倒顷刻间毁灭，怀疑、讽刺生存境况者却生存下来。剧本《伊曼努尔·康德》（1978）中，日趋衰老的哲学家康德偕夫人，有仆人带着爱鸟鹦鹉跟随，前往美国去治疗可能会导致失明的眼病，在船上遇到各种人物：百万富婆、艺术收藏家、主教、海军将领等。在他们的日常言谈话语中隐藏着残忍和偏执。作为和谐和人道思想代表的康德，在客轮鸣笛和华尔兹舞曲的干扰中开始讲课。除了他的鹦鹉，他的关于理性的讲课没有听众。轮船到达目的地后，他立即被精神病医生接走。《退休之前》（1979）涉及德国纳粹那段历史，曾是党卫军军官的法庭庭长鲁道夫·霍勒尔与其姐妹维拉和克拉拉住在一起，每年都给纳粹头子希姆莱过生日，他身穿党卫军军官制服，强迫克拉拉穿上集中营犯人的囚服。习惯了发号施令决定他人命运的霍勒尔在家里是两姐妹的权威。一个顺从他，甚至与他关系暧昧；另一个虽然恨他，诅咒他，但又不愿意离开这个家。因为他们都习惯了自己的角色，走不出他们共同演的这出戏。在这一年希姆莱生日的这天，霍勒尔饮酒过量把戏当真了，他大喊大叫不再谨慎小心："我们的好日子回来了，我们有当总统的同事，不少部长都有纳粹的背景。"最后因兴奋激动过度，导致心脏病发作倒下。1985年伯恩哈德的《戏剧人》首演，主人公是一位事业已近黄昏的艺术家，带着他的家庭剧团巡演到了一个小村镇，要在一个简陋的舞厅里演出他的大作《历史车轮》。尽管他架子很大，对演员颐指气使，同时嘴上不断把自己与歌德和莎士比亚相提并论，但他的妻子咳嗽不停，儿子手臂受伤。好歹布置好了舞台，观众也来了百十来人，可惜天不作美，一时间电闪雷鸣，观众大喊牧师院子里着火了，随之一哄而散，演出以失败告终。他不自量力地追求声望，终究未能如愿以偿。《英雄广场》（1988）是伯恩哈德最后一部戏剧作品，犹太学者舒斯特教授在纳粹统治时期流亡国外，战后应维也纳市长邀请返回维也纳，然而当他发现50年来奥地利民众对犹太人的看法并没有任何变化时，便从他在英雄广场旁的住宅楼上跳窗自杀了。其妻在葬礼那天坐在家里，仿佛听到50年前民众在广场上对希特勒演讲发出的欢呼，欢呼声愈来愈响，她终于无法忍受昏倒身亡。教授的弟弟对奥地利这个国家、对奥地利人的批判与其兄相比有过之而无不及，但他是有远见的人，他认为用生命去抗议根本没有用处。

综上所述，我们看到作品中的主人公，或者患病，或者背负着出身的负担，或者受到外界的威胁，或者同时遭受这一切，从根本上危及其生存。于是他们致力于解脱这一切，与出身、传统和其他人分离开来，尽可能完全独立，去从事某种工作，或者追求某种完美的结果。通常他们那很怪诞的工作项目演变成为一种发自内心的强迫，作为绝对的目标，不惜一切代价要去实现，这些现代堂吉诃德式人物的绝对要求、绝对目标最后成为致命的习惯。

关于夸张手法上文已有论述，这里要补充的是，几乎伯恩哈德所有作品中的主人公都有大段的对奥地利国家激烈的极端的抨击，常常表现为情绪激动的责骂，使用的字眼都是差不多的：麻木、迟钝、愚蠢、虚伪、低劣、腐败、卑鄙等。矛头所向从国家首脑到平民百姓，从政府机构到公共厕所。怎样看这些文字？第一，这些责骂并无具体内容，而且常常最后推而广之指向几乎所有国家。第二，这些责骂出自作品人物之口，往往又经过转述，或者经过转述的转述，是他们绝望地为摆脱生存困境而发泄出来的。譬如《水泥地》中的"我"在家乡佩斯卡姆想写论文，多年过去竟然一个字也写不出来，只好去西班牙，于是便开始发泄对奥地利的不满；在《历代大师》中，主人公雷格尔在失去妻子后的悲伤和绝望中，从追究有关当局对妻子死亡的罪责，直到发泄对整个国家的愤怒。第三，这些大段责骂的核心是针对与民主对立的权势，针对与变革对立的停滞，针对与敏感对立的迟钝，针对与反思相对立的忘记和粉饰，以及针对习惯带来的灾难和对灾难的习惯。所以，从根本上说，这些大段的责骂是作为艺术手段的夸张。但是其核心思想不可否认是作者的观点，这也是伯恩哈德作品的核心思想。事实证明，他那执着的，甚至体现在他遗嘱中的、坚持与其批判对象势不两立的立场，对他的国家产生了积极作用：1991年，奥地利总理弗拉尼茨基公开表示奥地利对纳粹罪行应负有责任。

可惜在很长时间里，人们没有真正理解这位极富个性的作家，他的讲话、文章和书籍不断引起指责、抗议乃至轩然大波。早在 1955 年担任记者时他就因文章有毁誉嫌疑而被控告，从 1968 年在奥地利国家文学奖颁奖仪式上的获奖讲话中严厉批评奥地利引起麻烦开始，伯恩哈德就成为一个"是非作家"。1975 年与萨尔茨堡艺术节主席发生争论；1976 年他的书《原因》惹恼了萨尔茨堡神父魏森瑙尔；1978 年在《时代周报》上撰文批判奥地利政府和议会；1979 年，因不满德国语言文学科学院接纳联邦德国总统谢尔为院士而声明退出该院；同年指名攻击总理布鲁诺·克赖斯基；1984 年他的小说《伐木》因涉嫌影射攻击而被警察没收；1988 年剧作《英雄广场》在维也纳上演，舞台上，50 年前维也纳英雄广场上对希特勒的欢呼声，似乎今天仍然响在剧中人耳畔。该剧公演前就遭到围剿，媒体、某些政界人士，以及部分民众群起口诛笔伐，要取消剧作者的公民资格，某些人甚至威胁伯恩哈德要当心脑袋。公演在推迟了三周后，终于在 1988 年 11 月举行，观众十分踊跃。一出原本写一个犹太家庭的戏惊动了全国，乃至世界，整个奥地利成了舞台，全世界是观众。1989 年 2 月伯恩哈德在去世前立下遗嘱：他所有的已经发表的或尚未发表的作品，在他去世后在著作权规定的年限里，禁止在奥地利以任何形式发表。

伯恩哈德去世后，在他的故乡萨尔茨堡成立了托马斯·伯恩哈德协会，在维也纳建立了托马斯·伯恩哈德私立基金会，他在奥尔斯多夫的故居作为纪念馆对外开放。无论在德国还是在奥地利，在纪念他逝世10周年暨诞辰70周年期间都举办了各种专题研讨会、报告会和展览会。为纪念伯恩哈德诞辰75周年，德国苏尔坎普出版社在已出版了35种伯恩哈德作品的基础上，于2006年又开始编辑出版22卷的伯恩哈德全集。

今天人们对伯恩哈德的夸张艺术比较理解了，对他的幽默也比较熟悉了，他的书就是要引起人们注意那些司空见惯的事物，挑衅种种习惯的力量，揭示它们的本来面目。正如叔本华所说："真正的习惯力量，却是建立在懒惰、迟钝或者惯性之上，它希望免去我们的智力、意欲在做出新的选择时所遭遇的麻烦、困难，甚至危险。"[1]比如某些思想和观念不动声色的延续。"二战"后，人们在学校里悄悄地用基督受难像取代了希特勒肖像，但权威教育没有任何改变。他认为，从哈布斯堡王朝到第三帝国直到今天，都在竭力繁荣那艺术门类中最无妨害的音乐，在动听的乐曲声中几乎没有人发现奥地利很久没有出现像样的哲学家了。"延续不断"是灾难，而破坏、断裂则是幸运。当人们不是从字

---

1 叔本华：《叔本华思想随笔》，韦启昌译，上海人民出版社，2003年，第100页。

面上，而是深入字里行间，真正理解了他的夸张艺术手段时，便会发现伯恩哈德作品中体现出来的现代精神。他那十分夸张的文字，有时精确得难以置信。1966 年他曾写道，我们将融合在一个欧洲里，这个统一的欧洲将在下一世纪诞生。欧洲的发展进程证实了他的预言。难怪著名奥地利女作家巴赫曼早在 1969 年评价伯恩哈德的作品时就说："在这些书里一切都写得那么准确……我们只是现在还不认识这写得那么准确的事情，就是说，还不认识我们自己。"

伯恩哈德的书属于那种不看则不想看，看了就难以释手的书。

德国文学评论家赖希-拉尼茨基说："有些人读伯恩哈德觉得难受，我属于读他的作品觉得是享受的那些人之列。"[1] 他还说："有人为奥地利文学造出一个新概念：伯恩哈德型作家，这是有道理的。耶利尼克、盖·罗特和格·容克，这些知名作家经常在伯恩哈德的影响下写作。"[2]

巴赫曼评价伯恩哈德的书时说："德语又写出了最美的作品，艺术和精神，准确、深刻和真实。"[3]

耶利内克在 1989 年悼念伯恩哈德逝世时说："伯恩哈

1 Marcel Reich-Ranicki, *Der doppelte Boden*, Frankfurt, Fischer, 1994, p.63.

2 Marcel Reich-Ranicki, *Der doppelte Boden*, Frankfurt, Fischer, 1994, p.139.

3 Ingeborg Bachmann, *Werke*, Muenchen, Piper, 1982, Bd. 4, p.363.

德是独一无二的，我们，是他的财产。"[1]

　　伯恩哈德是位享誉世界的作家，同时也是位地道的奥地利作家。疾病几乎折磨了他一生，他生命的最后10年可以说是命运的额外馈赠，疾病磨砺了他的目光，锻炼了他的语言。正如耶利内克所说，将他变成了奥地利的嘴，去做健康者始终觉得是不得体的事：诉说这个国家的真相。奥地利的传统，尤其是哈布斯堡帝国的历史，在他身上留下了深刻的烙印，他对奥地利的批评是出自那种真正的恨爱，正是由于对奥地利的不断的批评，奥地利早已成为他生活中不可或缺的内容。尽管谁拼命地想要属于她，她就首先把谁给踢开。上奥地利是他的家乡，维也纳是他文学活动的主要场所。家乡的许多地方与他书中人物联系在一起，书中的许多场景散发着维也纳咖啡的清香。伯恩哈德书中的语言，词语的选择和构造，发音和语调，都是典型的奥地利式的，他自己曾说："我的写作方式在德国作家那里是不可想象的，顺便说一下，我当真很讨厌德国人。"[2]顺便说的这半句就没有必要了，这就是伯恩哈德，一个极富个性的奥地利人。他的书对我们了解奥地利这个国家和她的人民是很有帮助的。这也是译者译他的书的原因之一。

1　Sepp Dreissinger, *13 Gespraeche mit Thomas Bernhard*, Weitra, 1992, p.159.

2　Sepp Dreissinger, *13 Gespraeche mit Thomas Bernhard*, Weitra, 1992, p.112.

我读伯恩哈德以来，已过去几十年，对其作品的了解在逐渐加深。首先，他喜欢大量运用多级框形结构的长句，加上他的夸张手法，他的幽默和自嘲，让你不得不反复去读，才有可能吃透他要表达的意思，才能咂摸出他作品个中滋味。他的作品文字并不艰深，结构也不复杂，叙述手段新奇而不怪诞，但是，想完全读懂伯恩哈德实属不易。赖希-拉尼茨基曾多次称，面对伯恩哈德的作品他感到发憷，他甚至害怕评论他的作品，因为找不到一种尺度去衡量，他说，伯恩哈德不是我们中的一个，他太独立特行，是极端的另类。

我们可能暂时还读不透他的书，或者可能常常误读他，但有一点是肯定的，我们在他的书中往往能读到在别的书中读不到的东西，他的书让我们开阔眼界，让我们重新考虑和认识那些司空见惯的事物。读他的书你不能不佩服他写得真实，他把纷乱和昏暗的事物照亮给你看，他运用的照明工具就是夸张和重复。为了真实表现世界，他从来都走自己的路，如果说他的书中也涉及爱情的话，他决不表现情色和性欲，他的文字绝对干净，他这样做可能未免太夸张了，但他的书就是要诉之于你的头脑，启迪你思考，而不追求以种种手段调动你的情愫。他是一位令人难以忘怀的作家，他去世了，但仿佛他仍在创作，因为他的戏剧作品在不断增加，他的小说《维特根斯坦的侄子》《历代大师》等，都在他去世后相继作为戏剧作品被搬上舞台。2009 年年初，他生前未发表的作品《我的文学奖》一问世，便登上了畅销书排行榜首位，之前，曾在《法兰克福汇报》上连载。

伯恩哈德离开这个世界已经 30 多年了，但是他的感悟、他的观点仍然能触动我们，令我们关注，他的确是一位属于未来的作家。

马文韬

2009 年春于芙蓉里

2023 年春修改

伐木——一场情感波澜

既然我不能让这些人理智些，
我宁可远离他们，享受自己
独立的生活。

——伏尔泰

大家都在等一个城堡剧院的演员，他答应晚上大约十一点半演完《野鸭》后到根茨胡同，与大家共进晚餐；我坐在带头靠的沙发椅上观察奥尔斯贝格尔夫妇，五十年代早些年间，我几乎天天坐在这把椅子上，我想，接受奥尔斯贝格尔夫妇的邀请是一个严重错误。有二十年没有见到他们了，偏偏在我们共同的朋友乔安娜去世的那天，我在格拉本大街遇到了他们，并且直截了当地表示接受他们的邀请，去他们家吃晚饭，用他们的话说就是去赴"艺术家晚宴"。二十年了，我一直不想理睬奥尔斯贝格尔夫妇。二十年了，我一直没有再见到他们。在这二十年里，只要听到了他们的名字，就会引起我的厌恶。我坐在带头靠的沙发椅上想，现在，我却不得不再次面对奥尔斯贝格尔夫妇，还有他们和我共同经历的五十年代。二十年里我一直躲避奥尔斯贝格尔夫妇，二十年里我们没有见过一次面。我想，偏偏现在，竟然在格拉本大街上与他们邂逅，简直是愚蠢透顶，我想，为什么恰好在这一天到格拉本，自我从伦敦返回维也纳后，养成了一种习惯，一有空就在格拉本大街上逛来逛去，我本应该想到这样做一定会遇见奥尔斯贝格尔夫妇，而且不仅是他们，还有其他我在这二十年里有意回避的人。在五十年代，我与他们，如奥尔斯贝格尔夫妇习惯说的那样，有着密切的切磋艺术的交际，但是已经在二十年前就不再与他们来往了，也就是说，在我离开奥尔斯贝格尔夫妇到伦敦那个时候，因为我毅然决然地中断了与维也纳这些人的关系，如人们所说的那样与他们一刀两断，不再与他们见面，与他们绝对不再有任何关联。到格拉本大街无疑直接走进了维也纳文人社交圈，去与那些我不想会见的人相逢，这些人直到今天出现在我面前，也会让我立刻感到仿佛神经异常、浑身痉挛，我坐在带头靠的沙发椅上想，因此，最近几年，每逢我从伦敦回到维也纳短暂逗留，都避免到格拉本，总是绕道走，也不去煤市大街，自然也不去繁华的克恩滕大街，当然也避免走明镜胡同，同样还有城堡马厩胡同和多罗特胡同，尤其是毛线胡同和歌剧院胡同，在这些地方我总是经常遇到我所最憎恨的那些人，坠入他们的陷阱。但是最近几周，我坐在带头靠的沙发椅上想，不知为什么，我忽然特别渴望到格拉本大街上走走，还有克恩滕大街，因为那里的空气好，并且，突然觉得，上午那里熙熙攘攘的人群让人感到惬意，恰恰是格拉本和克恩滕大街上那种情景，让我很受用，也许几个月来，我单独一个人住在远离市中心的韦灵一带的确太寂寞了，终于决心要摆脱令我几乎变得呆钝的环境。这期间我在格拉本和克恩滕大街上来来回回地走，心灵得到一种安抚，在这两处走来走去，无论是头脑还是身体都感到舒坦。这期间，在格拉本和克恩滕大街来回踱步，仿佛成为我每日极为必要的活动，最近这几周里，天天沿着这两条大街来回走，站在这两条大街上，在几个月身心俱疲之后，坦白地说，突然感到振奋了起来，又回到了原来的我；每逢我在这两条大街上来回漫步，都感到如沐春风，头脑格外清爽，只因为走来走去，在这两条大街上，没有别的什么了吗，我总是在想，就这么简单，走来走去，它的作用可不容小觑，我总是一再对自己说，在格拉本和克恩滕大街上漫步，的确又让我能够开动脑筋，能够深入思考，能够拿起笔写作了，要知道，很长时间，这一切在我心里受到压抑，甚至已经被灭掉了，正是这个让我生病的漫长冬天，我现在想，很不幸是在维也纳，而不是像之前的冬季在伦敦度过。正是这个冬天，把我心中与文学有关的一切给灭掉了，我坐在带头靠的沙发椅上想，是在格拉本和克恩滕大街上的漫步，才使我得以重新开始思考和写作，我的确把在维也纳这种精神状态的失而复得，或者称之为复苏，归功于在格拉本和克恩滕大街上的漫步，这是我自一月中旬以来，针对自己的处境设计的医疗方案。维也纳这座令人恐惧的城市，我想，的确使我绝望，让我再次陷入走投无路的境地，现在，它却突然变成一座发动机，让我的头脑又能思考，我的身体又活力充沛，每天我都能观察到我的头脑和身体方面的日益复兴，整个冬天，已经死去了的一切，又复活了，我曾经整个冬天都把头脑和身体的衰颓归罪于维也纳这座城市，如今我则认为，我头脑和身体的复兴，维也纳这座城市功不可没。我坐在带头靠的沙发椅上，对克恩滕和格拉本两条大街称赞有加，感谢它们让我身心恢复健康，恢复正常，我心里说，漫步这两条大街是治疗我身心疾患的成功疗法，我想，当然，对此我也必须付出代价，那就是我在格拉本大街上遇见了奥尔斯贝格尔夫妇，这个代价不可谓不大，我想，可能还要有更高的代价，因为可能还会碰到我更不愿见到的人，比遇见奥尔斯贝格尔夫妇更糟糕，总的来说，奥尔斯贝格尔夫妇还不是最可恶的人，至少不是最最可恶的人；但是，我坐在带头靠的沙发椅上想，在格拉本大街上偏偏遇见奥尔斯贝格尔夫妇应该说是再糟糕不过的事了。一个刚强的人，一个有性格的人，我想，就拒绝他们的邀请了，但我既不刚强，也不是那种有性格的人，相反我是一个最懦弱、最

28

没有性格的人，在某种程度上可以说，我会听从任何人的摆布。我再次想，接受奥尔斯贝格尔夫妇的邀请是犯了极其严重的错误，因为我本来决心要一辈子不再与他们来往，我经过格拉本大街，他们与我打招呼，问我是否听说了乔安娜去世的消息，她上吊身亡了；他们向我发出邀请，我就答应了，接受了他们的邀请。我想，当时提起乔安娜去世，我瞬间竟不知羞耻地变得多愁善感起来，我想，奥尔斯贝格尔夫妇立刻利用了我短暂的多愁善感对我发出邀请，同样，我想，他们也利用乔安娜是他们和我共同的朋友这层关系，我竟然闪电般地、痛痛快快地接受了邀请，我其实应该理智些，谢绝他们的邀请；但是我当时没有考虑的时间，我坐在带头靠的沙发椅上想，他们从我背后招呼我，跟我说话，事实上我那时已经知道乔安娜上吊自杀了，在基尔布她父母家里。他们邀请我吃晚饭，他们特别强调这是货真价实的艺术家晚宴，来的都是从前的朋友，他们说。他们的确是在我要走开时才对我发出邀请，我想，他们已经走出几步远了，我说"好的"，就是说我接受邀请去根茨胡同吃晚饭，去他们那令人厌恶的单元房。奥尔斯贝格尔夫妇当时拎着几个装着货品的购物袋，上面的标识都是内城名店字号，身上穿着三十年前在内城购物时就穿的英国外套，他们的衣着就像人们所说的，已经"光华不再"了。

在格拉本大街上，确实只有奥尔斯贝格尔太太在跟我讲话，她的先生，人们称之为"作曲家韦伯恩[1]的继承者之一"，在一旁始终一言未发，他这样做，我现在坐在带头靠的沙发椅上想，绝对是为了伤害我。他们说还不知道乔安娜的葬礼什么时候在基尔布举行。我于今天出门前，就得到乔安娜儿童时代朋友的通知，乔安娜上吊身亡；开始，这个在基尔布经营一家杂货店的朋友，不愿意在电话里讲乔安娜上吊身亡，只说乔安娜去世了，可我直截了当地对她说，乔安娜不是通常理解的那样去世，而是自杀，至于以什么方式不用我说。这个乔安娜的朋友肯定是知道的，只不过没有告诉我；乡下人在这方面比城里人更不愿意直接说某人自杀身亡，涉及具体方式，他们更难以启齿；其实我立刻就想到乔安娜是上吊自杀了，事实上，我在电话里对杂货店老板也这样说了，乔安娜上吊死了，我这毫不掩饰的表达一定让杂货店老板感到惊愕，她只回答说是的。我知道，像乔安娜那样的人，通常是上吊自杀，我在电话里说他们不会跳河，不会跳楼，他们取出一条绳子，灵巧地挽个扣儿，然后挂起来，把脑袋伸进去。舞蹈演员和话剧演

1　安东·弗雷德里克·威廉·冯·韦伯恩（Anton Friedrich Wilhelm von Webern，1883—1945），奥地利作曲家，勋伯格的学生，对现代音乐影响很大。——译者注，全书下同

员，我在电话里对杂货店老板说，通常都是上吊自杀。很久没有乔安娜的消息了，我坐在带头靠的沙发椅上想，我心中早就疑窦丛生，担心她是否某一天会自杀，这个遭受欺骗的人，这个被离弃的人，这个被嘲讽的、受到致命伤害的人，最近我常常这样想。可是我在格拉本大街上，当着奥尔斯贝格尔夫妇的面，却做出我似乎对乔安娜自杀一无所知、感到十分意外甚至震惊的样子，其实上午十一点钟在格拉本大街上，我的心对这不幸的消息就不再那么吃惊和震颤了，因为我在早晨七点钟就得知消息了，通过在格拉本和克恩滕大街的寒冷、清新的空气中多次来回行走，确实已经能够比较平静地接受了。我本应该告诉他们，我早就知道乔安娜自杀了，包括她是怎样自杀的详细情况，这样，奥尔斯贝格尔夫妇就无法用通知我乔安娜自杀的消息表示他们对乔安娜如何关心，并因此在我面前颇为扬扬得意，我站在克尼策商店前，断定他们就是这样的居心，可是我没有这样做，相反，我的表现仿佛对乔安娜的死一无所知，扮演一个得知此消息绝对大为吃惊的角色，对此噩耗完全猝不及防，这样做违背我的愿望，让奥尔斯贝格尔这家人由于带给我这不幸的消息而喜形于色，这当然不可能是我有意为之，而是我的大脑器官突然失灵，竟然对他们说，我直到与他们在格拉本大街上相见，对乔安娜自杀一事一无所知，在他们面前装出头一回听到此事的神情，实际上，在他们告知我这个消息之前，我基本上已经了解了乔安娜自杀的情况。我不知道他们是从哪里得知乔安娜上吊自杀了，也许同样也是从基尔布杂货店老板那里，她跟他们说的肯定与跟我说的一样，但是没有跟我说的那么多，我想，否则的话，奥尔斯贝格尔在格拉本大街上要说的，一定会比已经对我说的要多许多。他们自然会参加在基尔布举行的乔安娜的葬礼，奥尔斯贝格尔太太说，我想，她这样说，好像我不会像他们那样，毫无疑问去参加乔安娜的葬礼，仿佛他们现在已经是在责备我，跟他们一样，我与乔安娜有着多年，甚至可以说一二十年的交情，建立了深厚的友谊，难道会找个理由，比如怕劳累，就不参加与我们大家都亲密无间的乔安娜的葬礼，这可能吗？奥尔斯贝格尔太太对我说话的样子，我想，的确让我感到受伤，不仅如此，还有下面的话，她虽然在基尔布乔安娜葬礼上可能会看见我，但她仍然在今天，在这里，在格拉本大街上，就邀请我下周二，也就是乔安娜葬礼那天，去根茨胡同他们家参加所谓的"艺术家晚宴"，这分明还是以为我有可能不去参加乔安娜的葬礼。我认识乔安娜，实际上是通过奥尔斯贝格尔先生，那是在三十年前，在维也纳第三区塞巴斯蒂安广场的艺术工作室，乔安娜丈夫的生日聚会上，同时也是艺术工作室的一项活动，几乎所有知名的维也纳艺术家都到场了。乔安娜的丈夫原本是个画家，后来从事壁毯编织，六十年代中期，他的一张壁毯荣获了圣保罗艺术双年展大奖，于是，他就成为所谓壁毯艺术家。在格拉本大街上，奥尔斯贝格尔夫妇说，他们万万没有想到乔安娜会自杀，他们拎着大包小包离开我之前，还对我说他们把书店里关于路德维希·维特根斯坦的书都买了，以便接下来着手研究他。也许这些书放在最小的那个袋子里，挎在奥尔斯贝格尔先生的右胳膊上，我想。接受他们的邀请，我又想，这是极大的错误。我憎恨这样一类的邀请，一二十年来，我一直拒绝参加所谓的什么"艺术家晚宴"。我在四十岁之前就已经见识了太多这种吃吃喝喝的所谓聚会，已经彻底知道它是怎么回事儿，觉得再没有比这种所谓的"艺术家晚宴"更让人讨厌的事了，我坐在带头靠的沙发椅上想，在五十年代，或者说三十年前，奥尔斯贝格尔夫妇就热衷于举办这样的活动，直到现在，从内容到形式就没变化过，参加这些活动，到头来，不仅让我茫然，甚至让我发疯。我坐在带头靠的沙发椅上想，你憎恨这对夫妇有二十年了，如今却在格拉本大街上与他们见面，接受他们的邀请，而且还真的来到根茨胡同他们家赴宴，按照他们要求的时间。你认识所有应邀赴宴的人，结果还是要来。

我想，这个晚上，或者说整个夜里待在家里读帕斯卡，或者果戈理，或者陀思妥耶夫斯基、契诃夫，都要比来根茨胡同参加所谓的"艺术家晚宴"要好得多。奥尔斯贝格尔夫妇把你的生活，把你的一生都毁了。他们使你的身心状态还在五十年代就糟糕得很，使你处于生存灾难境地，毫无出路，最终甚至会把你带往施坦因霍夫疯人院，假如你没有在关键时刻离开他们，你就被他们灭掉了，我想。他们首先把你毁坏，然后把你灭掉，假如你没有在最后时刻掉头转向，与他们分手。假如我在玛丽亚-扎尔他们家多待几天，我坐在带头靠的沙发椅上想，那肯定意味着我的死亡。他们会把你榨干，然后把你抛弃掉。我坐在带头靠的沙发椅上想，你在格拉本大街碰见奥尔斯贝格尔夫妇，那毁掉你、要你命的人，竟然一时间多愁善感起来，他们邀请你来根茨胡同，你竟然也来了，不如在家读书，我想，读帕斯卡，读果戈理或者蒙田；或者，一个人在那架琴音已经不准的旧钢琴上弹萨蒂或者勋伯格。可是你跑到格拉本大街上，要去呼吸什么新鲜空气，以便使自己感到清爽，结果径直跑到当年毁你灭你的人手中，甚至跟人家说，你多么期待赴"艺术家晚宴"，这难道不是一场最乏味的聚会，如同所有在他们那里的聚餐会？这一切你难道就全忘记了吗？只有没有骨气的傻瓜会接受这样的邀约，我坐在带头靠的沙发椅上想。过去三十年了，那时你被诱惑，掉进了陷阱，我坐在带头靠的沙发椅上想。三十年前，那时你天天被他们凌辱，让你屈服在他们门下，我坐在带头靠的沙发椅上想，三十年了你等于把自己卑鄙无耻地卖给了他们，在他们面前当小丑供其取乐，我坐在带头靠的沙发椅上想。幸亏你在最后时刻从他们那里脱身，至今整整二十六年了。二十多年了，你没有再见到他们，忽然在格拉本大街上完全意外与他们撞个满怀，让他们有机会邀请你去根茨胡同，你也就欣然接受，来到了根茨胡同，而且你还说，你期待去赴"艺术家晚宴"，我坐在带头靠的沙发椅上想。奥尔斯贝格尔太太不断地谈大家等待的宴会主角，说他是一个非凡的演员，他在《野鸭》这出戏里的表演达到了他事业的高峰。请来的其他客人，不到十点钟就都到场了。过不了几分钟，奥尔斯贝格尔太太就拿进来一瓶香槟酒，轮流为向她伸过来的酒杯斟酒，这些人在某种程度上是让她讨厌的人。她身穿黄色连衣裙，我见过她这件衣服，我想她今天也许是为了我把它又穿上了，因为三十年前我总是夸奖她这件服饰，说她穿着显得特别有魅力。其实现在我一点儿也不觉得她的装扮有多好，相反，倒感觉她穿上这件衣服十分乏味。如今衣领换上了黑丝绒的，三十年前是红色的。奥尔斯贝格尔太太一再说什么精湛的演技，

35

让人着迷的《野鸭》演出。她说话的声音，三十年前就让我不堪忍受，只不过那时候，三十年前，我觉得那声音所表达的还有点儿意思，而现今我觉得这声音着实俗不可耐，令人厌恶。尤其是奥尔斯贝格尔太太一再对宴会的主角赞不绝口，什么非凡的、了不起的演员呀，是至今还健在的实力派演员中最杰出的人物呀，我听着只能感到恶心，我从来就无法忍受她说话的声音。况且现在这声音，因岁月流逝而变得沙哑，经常还带有某种歇斯底里的腔调。我觉得作为歌唱演员，她的嗓音已高度耗损，的确如人们所说的那样，作为最宝贵的财富已经消耗殆尽。可是她仍然喋喋不休，我觉得，听的时间长了非让人发疯不可。用这声音她曾唱过普赛尔 [1]，我想，唱过《安娜·玛格达莱娜·巴赫的练习曲集》。她的丈夫，我的朋友，如专家们所说的那样，堪称作曲家韦伯恩的继承者，他用施坦威牌钢琴为太太伴奏，我听了，说老实话，总是感动得流泪。当时我二十二岁，正在写诗，玛丽亚-扎尔和根茨胡同的一切都让我喜欢。现在，想起三十年前不知羞耻地参与其中的那些讨厌的情景，让我十分恶心。那时，随着奥尔斯贝格尔夫妇从玛丽亚-扎尔到根茨胡同，每两周交替地来回活动，我

---

1 亨利·普赛尔（Henry Purcell，1665—1695），英国作曲家，对民族歌剧发展影响很大。

坐在带头靠的沙发椅上想，就这样过了好多年，直至不得不有所改变，我坐在带头靠的沙发椅上想，一杯接一杯地喝了不少香槟酒。我一边观察奥尔斯贝格尔太太，一边想，是她在格拉本大街上与我打招呼，而不是她丈夫，你立刻表示接受邀请。他们是从你身后招呼你的，他们肯定已经从你身后看了你半天了，跟在你身后，并在关键时刻以迅雷不及掩耳之势跟你打招呼，使你猝不及防。我坐在带头靠的沙发椅上想，多年前我也曾从旁观察奥尔斯贝格尔先生，三十多年来他总是喝得醉醺醺的，他身旁的那个女人，我已然感到陌生了，四十上下已经明显呈衰颓之势，虽然半老但已非徐娘，容颜和衣饰都给人以懒怠的印象。疏于管理的长发，脚上穿着多处磨损了的皮靴。他们当时走在红塔大街上，我跟在奥尔斯贝格尔先生后面观察着，相当仔细地打量着他和他的同伴，好长时间一直在想，是否要与他打招呼，最终没有这样做。我的直觉告诉我，你不要跟他打招呼，否则，他给你一句不中听的话，让你几天都不痛快，于是我就没有与他们说话，我克制住了自己，就这样跟在他们的后面，观察着他们，直到瑞典广场，看着他和他的太太消失在一栋已破败得可以拆除的房屋里。我一直在观察奥尔斯贝格尔先生的腿，穿着钩织得不很密实的那种民族套筒袜，两腿走路的姿势已明显不协调，脑后顶光秃秃的，这样子倒是与陪同他的那位完全走向衰颓的夫人相配，她如今是在歌唱艺术上走下坡路的人，只能在酒吧等娱乐场所登台演出，当时我想，现在我坐在带头靠的沙发椅上想，我还记得，当时看到他们的光景让我颇为恶心，立即转身朝着斯特凡广场走去，当他们两个人消失在瑞典广场那处破败的房屋里时，我心中的厌恶使我反胃，使我要呕吐，我赶快走到艾达咖啡馆外墙前，这时我偶然从窗户玻璃看到自己那衰败的面孔和躯体，越发感到憎恶，比对奥尔斯贝格尔夫妇的憎恶还要更厉害，我于是转过身去，尽快来到斯特凡广场，来到格拉本大街，煤市大街，走进埃勒斯咖啡馆，朝着一大堆报纸扑过去，以便忘记刚刚与奥尔斯贝格尔夫妇的邂逅，忘记后果严重的这场遭遇，我坐在带头靠的沙发椅上想。走进埃勒斯咖啡馆来排解糟糕的心境，这办法屡试不爽。我走进去，取来一大堆报纸，让自己镇定下来。当然，不一定非要到埃勒斯咖啡馆，到博物馆咖啡馆，到布劳伊纳霍夫咖啡馆也有同样的作用。别人遇到这样的情况可能去公园，或者树林，到那里换换环境，使自己平静下来。而我总是走进咖啡馆，我这辈子一贯如此。我坐在带头靠的沙发椅上想，很可能，奥尔斯贝格尔夫妇也这样，长时间在背后观察我，然后才与我打招呼，就像我当初经过红塔大街，观察奥尔斯贝格尔先生那样，同样的肆无忌惮，同样的阴险，同样的不人道。我们从背后面观察一个人，被观察者并未察觉，我们会很有心得，只要尽量长时间地观察，尽量肆无忌惮，尽量居心叵测，我坐在带头靠的沙发椅上想，如果我们还能克制，不与他们打招呼，然后掉头走开，所谓与他们分道扬镳，如同当年我在红塔街上做的那样，直到走到尽头，到了瑞典广场，才转身离去，得有这种能力，这种狡黠。这种观察方式，既适用于我们憎恨之人，同样也适用于我们敬爱的人，我坐在带头靠的沙发椅上想，同时观察着奥尔斯贝格尔太太。她这会儿在不断地看表，劝慰那些已经早就到场的客人，要他们耐心地等待，一直等到那个城堡剧院演员出现，才能开始晚宴。多年前我的确曾在城堡剧院见过这个演员，那是一场让人厌烦的英国滑稽戏演出，不停顿地笨拙搞笑，只因为是英语演出，不是用德语，或者奥地利语，才让人勉强忍受。这样的戏在上个世纪最后二十几年里经常上演，堪称恐怖。城堡剧院在那段时间，专门喜欢演出这种浅薄、愚钝的英国戏，维也纳城堡剧院的观众也很习惯看这种低级的演出。这个演员的确作为城堡剧院的演员留在了我的记忆中，是一个所谓观众的宠儿，是城堡剧院追求浮华和虚荣的名角，他在维也纳郊区著名地段格林卿，或者在希卿有别墅。在充斥着浅薄愚钝货色的城堡剧院舞台上，扮演白鼻梁小丑。城堡剧院，一座曾享誉欧洲乃至世界的戏剧舞台，在过去的四分之一个世纪里如此堕落，舞台上活跃着那些只会咆哮的丑角，他们与剧院多届首脑合作，把城堡剧院生生变成毁灭戏剧艺术家的、只会号叫的场所，没有头脑，没有思想，我坐在带头靠的沙发椅上想，城堡剧院长期以来在艺术上就沉沦了，你弄不清楚从什么时候起始的，那些在城堡剧院登台的演员，就是这样天天晚上在剧院的舞台上咆哮的沉沦者。为这样一个演员举办晚宴，把他尊崇为所谓"艺术家晚宴"的主角，我坐在带头靠的沙发椅上想。一边想，一边观察着奥尔斯贝格尔太太和她的客人，对这对住在根茨胡同的夫妇来说，这次晚宴无论如何仍然是奥地利艺术界一场了不起的活动，实际上，我以为，是奥地利所特有的不伦不类，我坐在带头靠的沙发椅上想。这活动对奥尔斯贝格尔夫妇到底有多么了不起，从接下来的情形可以想象。客人们等了一个多小时，远远超过了预告的时间，直到十二点半，那个城堡剧院演员才厚颜无耻地一面清着嗓子，一面走进根茨胡同奥尔斯贝格尔夫妇家。我一向憎恨演员，尤其是城堡剧院的演员，几位大师级的演员如维塞利和戈尔德除外，这两位是我一直热爱的真正的艺术家。而今天，奥尔斯贝格尔夫妇邀请来赴"艺术家晚宴"的这个城堡剧院演

40

员，是我所遇到的演员中最令我厌恶的一个。他是蒂罗尔人，我曾读过关于他的描述，说他在三十年里，以表演格里尔帕策的剧作赢得了维也纳人的心。我则认为，从他身上可以明显看出什么是反艺术家，我坐在带头靠的沙发椅上想。他是个地地道道的毫无想象力的演员，是没有文化底蕴、只会亮嗓门的戏子。在城堡剧院，可以说在整个奥地利，他们这种不用头脑、只用喉咙表演的人总是深受欢迎。他们用令人不堪忍受的慷慨激昂，他们用不知疲倦的挥拳抡臂，日复一日地在城堡剧院的舞台上糟蹋、蹂躏和毁灭艺术。几十年来，这些人以残酷的、肆无忌惮的煽情和张牙舞爪的肢体暴力，在城堡剧院舞台上，毁掉了一切戏剧精品，我坐在带头靠的沙发椅上想，不仅莱蒙德[1]的柔情和幽默、不仅克莱斯特[2]那不安的心灵受到他们的践踏。当他们自以为在整个戏剧艺术领域永远独领风骚时，就是莎士比亚也难逃厄运，成为城堡剧院这些屠夫的牺牲品。但是在这个国家里，我坐在带头靠的沙发椅上想，城堡剧院的演员，的确享有至高无上的荣耀。比如说，在某个胡同里与一名城堡剧院的演员打过招呼，或者，这样一名演

---

1 费迪南德·莱蒙德（Ferdinand Raimund, 1790—1836），奥地利戏剧家，著有《来自仙界的少女，或农夫成了百万富翁》《阿尔卑斯山王和仇恨人类的人》《挥霍者》等。
2 海因里希·冯·克莱斯特（Heinrich von Kleist, 1777—1811），德国戏剧家、小说家，著有喜剧《破瓮记》、悲剧《彭忒西勒亚》、小说《米夏埃尔·科尔哈斯》等。

员到过自己的家，或者，参加过有这样一名演员在场的聚餐晚会，那对于奥地利人，尤其是维也纳人，是难得的非凡经历，是无与伦比的荣幸，我坐在带头靠的沙发椅上想，如果有谁显摆地说，他认识一名城堡剧院的演员，或者他得意地说，城堡剧院一名演员参加过他主办的晚宴，我总会觉得十分可笑，甚至心生厌恶。城堡剧院的演员是些如小市民一样的喜欢虚张声势的人，他们对戏剧艺术一窍不通，他们早就把城堡剧院糟蹋得奄奄一息了。我在五十年代，就选择坐在这把椅子上，它现在仍然还是那个位置，唯一的变化是奥尔斯贝格尔夫妇更换了椅套。坐在这里大有好处，我想，能看到一切，听到一切，什么也不会错过。我坐在这里，身上还穿着参加葬礼的服装，穿在身上已显得太紧了，是我二十三年前，在前往特里斯特的路上，经过格拉茨时购买的，我在乔安娜的葬礼上穿着它，葬礼是下午在基尔布举行的，持续了很长时间，我坐在这里想，又一次违背了自己的信念，接受了奥尔斯贝格尔夫妇的邀请来赴晚宴，而没有拒绝，我把自己弄得多么卑劣和无耻，在格拉本大街上，面对奥尔斯贝格尔夫妇，我变得异常软弱和无助，否定了自己的意志，以至于这个晚上，直到午夜，我的行为不仅与我的秉性相悖，而且颠覆了我内在的一切。我想，这都是因为乔安娜的自杀让我的大脑瞬间短路，否则，我肯定会拒绝奥尔斯贝格尔夫妇的邀请，乔安娜的自杀使我心中充满惊愕和慌乱，我坐在带头靠的沙发椅上想，奥尔斯贝格尔夫妇在格拉本大街，以他们所特有的突然袭击，向我发出邀请，其实我并非第一次见识他们这种让人猝不及防的无耻手段。几乎所有来赴晚宴的人，都还穿着参加葬礼的服装，我坐在带头靠的沙发椅上想，只有一两位为晚宴更换了衣饰，其他人还都是黑色装束。都像我一样，经历了去基尔布的劳顿，加上葬礼仪式期间下起了大雨，这会儿都显得疲惫不堪。我断断续续听到他们的谈话，当然，还都围绕着乔安娜的葬礼。她的不幸是她丈夫造成的，在她自杀的七八年前，她丈夫就扔下她去了墨西哥。奥尔斯贝格尔夫妇家客厅采用帝国风格的灯具照明，亮度本来就比较弱，墙上有多处挂着乔安娜丈夫的壁毯作品，使原来就不亮堂的客厅更显暗淡。在座的人都说，她丈夫，那个壁毯编织家应对她的自杀负责。我在根茨胡同奥尔斯贝格尔家近乎昏暗的灯光中，多次听到他们说，这个壁毯编织家偏偏和乔安娜的闺蜜一起去了墨西哥，把不幸的乔安娜一个人留在家里，偏偏是去墨西哥，偏偏是在乔安娜身处危机之中，在她不再能经受任何一点打击之际。一个五十二岁的女人，孤零零地待在塞巴斯蒂安艺术工作室，没有任何经济上的支撑，在某种意义上她失掉了维系生存的一切。他们多次说道，奇怪的是，乔安娜不是在塞巴斯蒂安艺术工作室，而是在位于基尔布的她父母家里，不是在大城市里，而是在乡村上吊身亡。她渴望待在父母身边，于是离开维也纳，回到基尔布，离开大城市的烂泥潭，回到乡间的田园净土。我的确听到他们说"大城市的烂泥潭"和"乡间的田园净土"，口气里不无某种反常的意思。我以为是奥尔斯贝格尔先生，是他一再用这样的词汇，我坐在带头靠的沙发椅上同时观察，他的太太时常歇斯底里地大笑，试图以此让客人保持应有的情绪，等待城堡剧院演员的到来。根茨胡同这个单元房在四层，有七个或者八个房间，塞满了约瑟夫时代和毕德迈耶时期的家具，奥尔斯贝格尔太太的父母曾在这里居住。她的父亲是名医生，医术不算多么高明，出生在格拉茨，在那里开了个小小的诊所，长时间经营得平平淡淡，没有进一步向上发展的可能。她母亲是施蒂利亚人，胖墩墩的身材，红扑扑的脸蛋儿，典型的小地方姑娘，曾患流行性感冒，她丈夫给设计了一个治疗方案，结果四十岁时头发就掉光了，而且不能再生，因此，她就退出了一切与外界的交际活动，做名副其实的家庭主妇。我想，从根本上说，奥尔斯贝格尔太太的父母生活在根茨胡同，经济上全靠女方。她继承了父母在施蒂利亚的遗产，因此有能力支付家里的一切开

44

销。她丈夫开诊所赚不了多少钱，他的精力全耗费在交际活动上，是一名所谓的花花公子，每逢狂欢节，或者维也纳比较大的舞会上都有他的身影，直至晚年，他成功地以其讨人喜欢的修长身材，掩盖他事业上的蠢笨。奥尔斯贝格尔太太的母亲，跟着丈夫过的这一辈子，很少露出欢颜，但她对自己在家庭中的角色还是满意的，尽管并无高贵可言，而是地道的小市民。我坐在带头靠的沙发椅上忽然想起，她的女婿不时出于心血来潮，无论是在根茨胡同，还是在施蒂利亚的玛丽亚-扎尔，总把她的假发藏起来，致使可怜的岳母大人无法出门。奥尔斯贝格尔先生在这种恶作剧中感到了快乐，他喜欢看岳母找不到假发那烦躁不安的样子，直到他快四十岁了仍然还藏岳母的那些假发，这期间他的岳母不得不买许多顶假发作为备用。到了他这个岁数，还如此幼稚，就不是什么童心未泯，可以说是一种变态行为。我经常是他这种促狭鬼行为的见证者，在玛丽亚-扎尔，在根茨胡同，说老实话，每次我看到他这样做，也都不知羞耻地感到快活，尤其在节假日期间，奥尔斯贝格尔先生的岳母不得不待在家里，因为她的女婿把假发给藏起来了。等到他心里感到了满足，才把藏起来的假发扔到岳母面前，他需要看到岳母在他面前的谦卑表情，我坐在带头靠的沙发椅上想，同时观察着位于音乐室暗处的奥尔斯贝格尔先生，他为什么需要以如此可恶的方式窃取的胜利来满足自己。我观察他此时正在钢琴上练习他的手指，仰起那因摄入过多酒精而变得麻木、呆钝的头颅，舌尖从淡青色的嘴里伸出来，那样子实在不堪入目。他为这异乎寻常的时刻选择弹奏的是乔万尼·加布里埃利，我想。我记得，在与奥尔斯贝格尔夫妇的友谊最紧密、最热烈的时期，我经常站在奥尔斯贝格尔先生那架施坦威钢琴旁，演唱意大利语、德语和英语的咏叹调，用今天的眼光看，那是多么不着调的自负。我的确是毕业于萨尔茨堡莫扎特音乐和表演艺术学院，但这并不能说明什么，不能因此就拉大旗作虎皮，正好相反，我虽然在那里学过声乐，专攻低男中音，但丝毫也没有想过日后要成为这方面的歌唱家。可是玛丽亚-扎尔的午后和夜晚漫长，根茨胡同的午后和夜晚同样如此。于是奥尔斯贝格尔先生每天坐在钢琴前，我站在旁边，我们弹琴、唱歌，我坐在带头靠的沙发椅上回忆着，在许多个星期里，我几乎唱了全部意大利语、德语和英语咏叹调和艺术歌曲。奥尔斯贝格尔先生，我曾有一次称他为音乐界的诺瓦利斯 [1]，他是第一流的钢琴演奏家，我坐在带头靠的沙发椅上想，即使现在，他只要坐在施坦威

---

1 诺瓦利斯（Novalis，1772—1801），德国浪漫派文学代表作家，著有诗歌《夜之赞歌》《圣歌》，小说《海因里希·冯·奥弗特丁根》等。

前两三秒钟，即使在醉醺醺的状态中，他也能立即开始展示他的这种演奏艺术。但是他衰退了，他的一切，包括曾一度极其耀眼的音乐才华，也随着他病态的酒瘾而荒废了，我坐在带头靠的沙发椅上想。常常是这样，几十年来我们知道，与我们关系很密切的一个人是一个可笑的人，但是，我坐在带头靠的沙发椅上想，几十年后，我们才突然清清楚楚地看到，奥尔斯贝格尔先生，所谓韦伯恩的继承者之一，是一个多么可笑的人。如同总是醉醺醺的奥尔斯贝格尔先生，以他的方式让自己成为可笑的人，或者说一向都是可笑的人，那么他的太太也是一个可笑的人，而且也一向都是一个可笑的人。你总是喜欢这样的可笑的人，我坐在带头靠的沙发椅上想，甚至痴迷于这样的人，这样可笑而又卑劣的人，他们在二十年后头一回见到你，偏偏在格拉本大街上，偏偏在乔安娜自杀那天，与你打招呼，邀请你来根茨胡同，参加有著名城堡剧院演员出席的艺术家晚宴。我坐在带头靠的沙发椅上想，多么可笑和卑劣的人啊。随后我想，我自己其实何尝不是可笑和卑劣的人，我接受邀请，厚着脸皮，仿佛什么也没发生，来到根茨胡同，坐在带靠头的沙发椅上，跷起二郎腿，喝了不止三四杯香槟酒，我想，我比奥尔斯贝格尔夫妇更卑劣、更下作。他们邀请你，你接受了，就被他们要弄了。他们现在虽然在等待那个演员，实际上心思却被乔安娜的自杀所左右，下午的葬礼在他们心里留下了阴影。我坐在带头靠的沙发椅上，直到午夜，整个这段等待演员到来的时间里，心里总是在想着乔安娜的葬礼，以及相关的情况，是什么原因使她感到彻底绝望，以至于决定结束自己的生命。我坐在带头靠的沙发椅上，这是个非常合适的位置，非常适合我的位置，在来的人要经过的门扇后头，不受任何打扰，光线似明若暗，使我能安静地任凭我的思想驰骋，并且集中在我所关注的事物上。进来的客人从我身旁走过去才发现我，而且是在他们回头向门看时，不过很少有人这样做，大多数人进来后直接向前走，快速穿过我所在的门厅，进入所谓的音乐室。这里的门一直敞开着，就我的记忆而言，从门厅到音乐室的门从来就不关，即使奥尔斯贝格尔夫妇只有我一个客人，也是如此，就我的记忆而言，可能主要是为了保证音乐室的声音效果，奥尔斯贝格尔先生很注重这扇门的作用，对于一位作曲家来说，注重音响效果是自然而然的事情。我坐在带头靠的沙发椅上，能看到音乐室里的人，但是音乐室里的人看不见我，他们都是一进门便立刻奔向音乐室，每次举办晚宴都是这样，今天晚上也如同以往，但我觉得他们今天一个个神态凝重地走进房门，很规矩地疾步穿过门厅奔向音乐室，奥尔斯贝格尔太太站在那里，张开双臂迎接他们，仿佛在接受客人对乔安娜的悼念，仿佛她在利用乔安娜的死为一己目的主办这次晚宴。由于大多数赴晚宴者下午在基尔布参加了葬礼，晚上见面只是短暂地与奥尔斯贝格尔太太拥抱，就在音乐室内拿起一杯香槟酒坐了下来。奥尔斯贝格尔太太一再说晚宴主角是城堡剧院最伟大的、最富有个性、最具天才的演员，而客人们耳畔仍总是响着乔安娜这个名字，这是出生在基尔布的埃尔弗里德·斯卢卡尔的艺名，听起来确实很悦耳，但是，最终并没有能起多少作用，埃尔弗里德·斯卢卡尔本来是想以此名字在维也纳的事业上有所发展，这个愿望并没有实现。当年的一名舞蹈家兼舞蹈编排设计家——他的作品甚至在维也纳歌剧院上演——劝说来自基尔布、非常单纯幼稚的埃尔弗里德，一心想进剧院，想学芭蕾舞，得取一个至少对维也纳来说有异国色彩的名字，比如乔安娜，于是妈妈嘴里总说的小埃尔弗里德立刻接受了劝告，希望乔安娜这个名字能给她带来好运，叫埃尔弗里德，或者叫埃尔弗里德·斯卢卡尔，肯定无论如何是办不到的。但是她打错了算盘，我坐在带头靠的沙发椅上想，人们看到，即便用乔安娜这个名字，埃尔弗里德·斯卢卡尔在维也纳也没有什么发展。但是现在在这里，在根茨胡同，这个晚上来赴"艺术家晚宴"的人，不断地提到乔安娜这个名字，似乎这个名字后面藏着一个奇特的人。就我坐在带头靠的沙发椅上听到的，大家都在谈乔安娜的死，我没有听到一个人说自杀，或者说自缢，更没有听到任何人说上吊。赴"艺术家晚宴"的客人，已到来十六七个了，我坐在带头靠的沙发椅上想，大多数我认识，跟他们点点头，并没有站起来，有五六个我不认识，有两个人看起来是青年作家。我有这种才能，能随时让自己享受独处的安宁，我坐在带头靠的沙发椅上，娴熟运用着这种让自己保持独处的艺术。如果人们在光线不好的门厅认出了我，想跟我说话，我则立刻使这种意向止步，做法很简单，我仍然坐在带头靠的沙发椅上一动不动，装作没有觉察到对方，或者不懂对方已经说了什么，在关键时刻，双眼只朝地上看，不注视对方的面孔。在这个晚上，我装作一直完全沉浸在乔安娜自杀带来的悲伤中，如果某个客人可能想要跟我打招呼，想走过来陪伴我，在这个晚上我无论如何都要避免出现这样的情况，一旦觉察有这样的险情，我就会一动不动地坐在带头靠的沙发椅上，逼真地表现出一副因悲伤而神不守舍的情状。人们是否因此认为我，如在维也纳人们关于我常说的那样，不仅不易亲近，甚至对人不理不睬，怀有厌恶他人的心理，我也只好承受了。我这样做其实违背我的秉性，我不愿意在社交场合做出这种放肆的举动，但今天晚上，我得说，我就这样不通情理，不搭理人，让人下不来台，别人怎么想无所谓。客人中有几位对我的各色、我的特别，甚至对我那出了名的令人难以设想的乖戾，这期间已有所耳闻，如人们曾对我说的那样，逗留在伦敦造成了我的使人十分气恼的癫狂，他们憎恨我，憎恨我的文字，可是当着我的面又厚颜无耻地讨好我。自从我离开伦敦回到维也纳，很长时间，我躲避他们，防范他们，总而言之，是那些以前我与之打过交道的人，主要是那些在五十年代所谓从事艺术的人，尤其是今天晚上到根茨胡同参加"艺术家晚宴"的这些人。他们走了进来，已经在某种程度上进入了我所设置的陷阱，他们经过我的身边，并不知道我在观察他们，其实我坐在带头靠的沙发椅上，以最锐利的目光观察着他们。他们走向奥尔斯贝格尔太太，她站在敞开的音乐室门旁，逐个儿拥抱走上前的客人。他们无一例外都是不同寻常的戏剧人，都善于充分利用乔安娜自杀这一变故。奥尔斯贝格尔夫妇一向都是所谓"殷勤的东道主"，至少表面上看是这样，他们痴迷于社会交际，迎来送往，显得无比慷慨大方，他们热心、勤奋地从事着文化艺术活动，同时也不断地、不遗余力地追求在这一领域的知名度。这无疑暴露出他们那令人憎恶的虚荣心，不过也要看到，在他们身上也有着奥地利人那种特有的魅力。但是，我接受他们的邀请，我坐在带头靠的沙发椅上想，并不是因为这种奥地利人所特有的魅力，而是在格拉本大街上，他们对我那种厚颜无耻、突然袭击的邀请方式，我边想边观察着奥尔斯贝格尔先生，他坐在施坦威钢琴前，由于眼睛近视，身体向前弯着翻着琴谱，实际上是我很熟悉的《安东·冯·韦伯恩作品集》；奥尔斯贝格尔先生已经为他太太的简短演唱准备好了乐谱。人到一定年龄，眼睛就会花了，看东西得戴上所谓的老花镜，我到这个年龄仍然保持敏锐的视力，我坐在带头靠的沙发椅上想，一般情况下，人们三十几岁，或者快到四十岁就逐渐开始感到视力不佳，发现读报纸得把它举到半米开外；奇怪的是，这规律特别袒护我，将我视为例外，现在我的视力，我想，比任何时候都好，都锐利，都肆无忌惮，我想，这是一双伦敦眼睛。我坐在带头靠的沙发椅上想，奥尔斯贝格尔夫妇今天晚上奉献给大家的香槟，不是顶尖的品种，但也属于三四种特别珍贵的名酒之列，他们认为这种酒才配得上招待一个城堡剧院的演员。在乔安娜的葬礼上，我自然出了不少汗，由于我不想为晚宴换装，就往衣服上喷了不少科隆香水[1]，我这会儿感觉到喷得太多了，身上有浓重的科隆香水味道，

1　科隆香水（Eau de Cologne），也称古龙水。

这太糟糕了，我永远也不会饶恕自己的这种做法。但是在这个晚上，我身上的香水味道根本不会引人注意，因为这里所有的人，我想，都往衣服上洒了太多的香水。奥尔斯贝格尔夫妇家里到处散发着这种味道。他们家的厨师从厨房门缝儿探出头往音乐室看，我估计他是想知道晚宴是否可以开始了。但是，那个城堡剧院的演员仍然没有到来。奥尔斯贝格尔太太这时坐在沙发椅上，这椅子是法兰西第一帝国流行的那种样式，小巧玲珑，靠背是用硬木巧妙地雕刻成古希腊五弦琴的样式，她在劝慰客人，总是用城堡剧院演员很快就会来了这样的话敷衍大家。大多数人抽着烟，如我一样喝着香槟酒，吃着下酒的、烘烤的各种形状的椒盐脆饼干。奥尔斯贝格尔太太用小碗碟盛着这些东西摆放在顺手可取的各个地方。我身旁也有这样一小碗碟儿，我一向憎恨这种东西，憎恨嘴里发出嘎巴嘎巴的响声，从不吃它，对饼干之类的面食，我历来就没有好感，更不要说什么加盐烤制的脆饼干之类，尤其是日本式的椒盐脆饼干食品，最近几年，在维也纳成为一切招待会上必不可少的小吃。简直厚颜无耻，我心里说，让客人等待这个演员，所有客人，包括我，通过这样的等待成为他的陪衬，从根本上贬低我们。奥尔斯贝格尔先生曾简短地说，他恨戏剧，每逢他超过太太的允许多喝了几杯酒，便突然要实话实说，

53

把心里话都坦白出来，以前所未有的方式，在这个话剧演员尚未到来之际，向他开火，把城堡剧院称为猪圈，我得说，他的话有道理，他把大家一直等待的城堡剧院演员称为狂妄自大、连台词也记不全的家伙，于是他立刻遭到他太太的斥责，要他立刻坐到钢琴前边儿去，他的位置在那里，要他安静地待在那里。她特别压低声音说，圆瞪着双眼，如人们常说的那样。奥尔斯贝格尔夫妇没有变化，我坐在带头投靠的沙发椅上想，奥尔斯贝格尔太太小心翼翼地、如履薄冰地维持着"艺术家晚宴"的和谐气氛，他，奥尔斯贝格尔先生则让这晚宴时常有分崩离析的危险。他们手里拉着同一条绳索，即社会交际，我想奥尔斯贝格尔先生是装作拆断这根绳子，在多喝了几杯之后，意识到了自己的艺术家身份。归根到底他俩脑子里想的全是社会交际，舍此，他们无法生存，总是追求更好的社交圈，因为最好的无法得到。另一方面，他们也一直不放弃展示艺术家的气质和风度，不放弃韦伯恩、贝尔格和勋伯格。在他们的内心，对社交的近乎疯狂般的痴迷和幻想，其实也是为了利用一切机会，不顾一切地开足马力吹嘘他们自己。乔安娜，不是奥尔斯贝格尔先生最好的朋友，虽然当时经常听到人们这样说，但肯定是他艺术上的朋友，我坐在带头靠的沙发椅上想，我是通过他才认识乔安娜的，如上所述，在塞巴斯蒂安广场的艺术工作室。乔安娜是个乡村孩子，自幼受母亲的娇惯，父亲是铁路员工，她的父母非常宠爱这个孩子，乔安娜想要干什么，不用说他们就明白，就设法满足乔安娜的愿望，这或者也是导致乔安娜自杀的因素之一，我想，这就是边远乡村，尤其在下奥地利州常见的那种对孩子的溺爱。基尔布是一个美丽的乡村小镇，我回想着，在那里我度过了许多个下午、晚上，甚至夜里的时光。乔安娜父母家住的是一栋平房，有点儿潮湿，但很舒适，我经常不在她父母家过夜，房子不是很宽敞，而是在铁手旅馆订个房间，我和乔安娜都喜欢散步，往往长达几个小时，主要的话题是她在维也纳开设的所谓"舞台动作工作室"，关于舞蹈艺术。乔安娜自幼喜欢舞蹈，在基尔布读小学的时候就梦想成为著名的戏剧演员，或者芭蕾舞演员。她不是很清楚对她到底什么最合适，是戏剧演员呢还是芭蕾舞演员，最终，她称自己为"舞蹈动作设计者"，主持安排了在维也纳一些标新立异的小剧场演出，比如童话剧，在所谓影子戏的表演上，报界好评如潮，她还曾在城堡剧院为演员举办"舞台行走训练班"。但她的这一切努力收效甚微，以为能教会城堡剧院的演员如何走台，结果证明是徒劳的，他们压根儿就不会行走，谁也教不会他们，他们也不会在舞台上说话。通过一名联邦剧院管理部高层官员的举荐，她曾在五十年代中期有机会到城堡剧院，帮助那里的演员学习在舞台上如何正确行走，由于演员们对此毫无兴致，训练班以失败告终，当然她自己后来也兴趣索然了。但是，聊以自慰的是她因此获得了一笔不小的报酬。乔安娜始终不能决定，她是要成为戏剧演员还是要成为舞蹈演员，她就这样既喜欢舞蹈又热爱戏剧。在这种摇摆不定中送走了童年，后来她到维也纳在莱茵哈德戏剧学院学习话剧表演艺术，但从未有机会演出。她感到彷徨，在她称之为"艺术危机"的举步维艰的时刻，她嫁给了壁毯艺术家，那个她称为"壁毯编织匠"的人，我坐在带头靠的沙发椅上想。他们在维也纳第三区塞巴斯蒂安广场，那栋八八年建的所谓新贵豪宅里生活了十多年。这是面积达三百多平方米的艺术工作室，房上有三个圆钟式的玻璃屋顶，在那里，乔安娜丈夫编织壁毯，这期间，他的壁毯不仅在欧洲让他名声大振。她丈夫出身于传统的犹太家庭，他的编织和图案设计艺术，如他经常所说，拯救了他，使他在恰当的时刻走到乔安娜身边。她的纯朴、她的美丽使塞巴斯蒂安广场这间工作室短时间内成为维也纳一处艺术中心，他编织壁毯，乔安娜宣传和销售。乔安娜的人格魅力使她丈夫的壁毯，首先在维也纳，然后在欧洲，最后在北美也闻名遐迩，我坐在带头靠的沙发椅上想，就在壁毯蜚声世界、这个壁毯编织匠登上事业顶峰之际，他带着乔安娜最好的女友弃家出走，辗转到了墨西哥，在墨西哥城与乔安娜的女友结婚，一年后又分手，同当地一个墨西哥女郎（一位部长的女儿！）结婚，至今生活在一起。可怜的乔安娜，的确从一开始，直至生命的结束，都是一个不幸的孩子，我坐在带头靠的沙发椅上想。我偏偏在乔安娜自杀的这一天，走到格拉本大街上，碰上了奥尔斯贝格尔夫妇，我不相信这是偶然，我坐在带头靠的沙发椅上想。十多年了，我没有关心乔安娜，我想，多年以来她完全离开了我的视野，没有听到她任何消息。如今在基尔布我得知她在生命的最后几年，身旁有一名伴侣，就是说又来到一名生活伴侣身边，我想，我见过这名生活伴侣，第一次是在铁手旅馆，他是所谓最黑暗的萨尔茨堡人，看得出来，他在努力讲普通德语，不幸的是，从他的嘴里讲出来的是最差劲的德语。这个人参加他生活伴侣的葬礼，穿了一件只到膝盖的黑色大衣，头上戴着黑色宽卷边软礼帽，这种帽子现在尤其在地方剧团演员中间十分流行。当然我们不能仅根据衣着来判断一个人，我想，我从不会犯这样的错误，但是一眼看上去，这个与乔安娜一起生活了八年的生活伴侣让我反感：他说的话，他说话的样子，走路的姿态，尤其他在铁手旅馆餐厅吃东西的情形。我真是感到不可思议，乔安娜最后竟跟这样一个落魄的男人生活在一起，他曾在约瑟夫施塔特一家小剧院演过戏，之后还做过香港廉价耳环的销售代理，在这一带活动，他即使作为代理，也是那种土里土气的，是跑市场的代理商最低档的一类。听他对旅馆餐厅服务员怎样说土豆沙拉，就差点儿让我反胃，我坐在带头靠的沙发椅上想。从这里，我观察着音乐室内的客人，他们如同舞台背景，在烟雾弥漫中，好似不时波动的巨幅照片，等待的无聊让这些客人不停地喷云吐雾。奥尔斯贝格尔夫妇突然说，他们再有一刻钟就可以开始晚餐了，最晚等到一点半，奥尔斯贝格尔太太对变得粗大、肥胖、丑陋的女作家珍妮·比尔罗特说，他们已经聊了一会儿，自然是关于乔安娜。这个女作家总觉得自己是维也纳的弗吉尼亚·伍尔夫，实际上，她的作品无论是短篇还是长篇，充其量是一种多愁善感的饶舌，或者浅薄的煽情。她今天来根茨胡同，上身穿着自己编织的黑色毛衣，她也是乔安娜的朋友，住在维也纳第二区，离普拉特林荫大道很近，几十年来，非常自负地以为自己是奥地利最伟大的作家和诗人。这个晚上，确切地说是这天夜里，在根茨胡同，她毫不犹豫地对奥尔斯贝格尔太太说，她得告诉奥尔斯贝格尔太太一个不争的事实，她最近发表的一部小说已经比弗吉尼亚·伍尔夫前进了一大步。如此自诩我听得真切，我耳朵好使，特别是在夜里，她说她的书远远超过了弗吉尼亚·伍尔夫的《海浪》，边说边点上了一支烟，双腿交叉站着。她要再看一遍被媒体称赞有加的《野鸭》演出，她对奥尔斯贝格尔太太说，再看一遍这个难以捉摸的易卜生，她说，她曾尝试去维也纳一家书店买一本《野鸭》，竟然没有买到，内城没有一家书店还有这本书，库存也没有，就连雷克拉姆版的口袋书也没有能找到。但是，她说，她当然读过《野鸭》，喜欢易卜生，尤其是他的那出戏《培尔·金特》，她在她喷出的烟雾里说着。她是个烟民，烟抽得很厉害。嗓子都沙哑了，烟酒不分家，喝白葡萄酒喝得脸显得有点儿浮肿。在我与奥尔斯贝格尔夫妇交往很深的那个时期，也与珍妮·比尔罗特经常在一起，在她的那个教区公用房里，接触太频繁，我想，在某种程度上，可以说是一种自杀式的投入。她当时与一个叫恩斯特尔的化学家住在一起，十多年了，这位没有娶她，她也没有嫁他。恩斯特尔挣钱，珍妮有名气，吸引着艺术家或者伪艺术家，科学家或者伪科学家。乔安娜经常说，她给充满小市民性的荒漠的教区房里带进一些色彩。作家珍妮本人也是地道的小市民，我坐在带头靠的沙发椅上想，随着时间的推移，小市民性已经主宰了她的头脑。我的朋友约瑟夫·马里亚，也像乔安娜一样自杀了，第二次世界大

59

战后的五十年代初，他创办了奥地利第一个公开发行的文学杂志《当代文学》，后来安排珍妮做出版人，从此这本杂志就没法读了，变成一本毫无价值、没有思想、无聊透顶的刊物，可是这种令人憎恶的、讨厌的东西却得到国家的资助，用国家的钱，发表最没有品位的、愚蠢的文字，当然，还不断登载珍妮·比尔罗特自己的诗歌。这位珍妮不仅自以为可以与弗吉尼亚·伍尔夫相提并论，甚至还超越了她，而且还是德罗斯特[1]的继承者和超越者，以为她的诗是奥地利当代最好的诗歌。其实她笔下的诗歌既没有情感也没有思想，没有任何一点文学价值。她主持出版《当代文学》长达十五年，直到答应支付她终身养老金她才把这本杂志交出来。即便这样，我想，杂志的状况也没有改善，相反，新的出版人比其前任更愚钝、更没有水平。不幸的是，我在三月十四日到格拉本大街，目的是买一条领带，到煤市大街或者钉匠胡同，我总是在煤市大街或者钉匠胡同买领带，结果呢，与奥尔斯贝格尔夫妇撞个满怀，我坐在带头靠的沙发椅上想。假如奥尔斯贝格尔夫妇不是以告诉我乔安娜去世的消息为借口，我现在想，可能他们就不会与我打招呼；我这方面如果不是因为乔安娜的去世打破

1　安内特·冯·德罗斯特-徽尔斯霍夫（Annette von Droste-Hülshoff，1797—1848），德国著名女作家、女诗人，著有中篇小说《犹太人的榉树》、组诗《宗教的一年》等。

了内心的平静，也不会接受他们的邀请来赴晚宴。基尔布的杂货店老板给我打电话，开始我当然没有听出来她是谁，没有把电话里的声音同她联系起来，这声音我一直只是在基尔布听到过，而且是在二十年前，最后那次是在铁手旅馆。那时我和乔安娜，还有她在基尔布的女友，我坐在带头靠的沙发椅上想，我还很清楚记得，那时我们仨想去那里散散心。乔安娜肯定是凌晨三点到四点这段时间上吊自杀的，杂货店老板在电话里说，医生说他亲手把绳子割断，把乔安娜放下来，这条绳子拴在过道大门上方的房梁上。乡村医生都比较泼辣，我想，这个医生我在基尔布公墓也见过，他是乔安娜童年时的朋友。葬礼的情形很是怪诞，我是乘火车先到圣帕尔滕，然后换乘玛丽亚采尔有轨电车，十点半到基尔布。为了在葬礼前到达这里，我必须在早晨七点半就到维也纳西火车站，葬礼定在中午一点半。朋友们有汽车并建议我与他们一起去基尔布参加葬礼，我都拒绝了，独立，不依赖别人，这对于我是至高无上的原则，我特别憎恨去搭别人的车，把自己的安危交到别人手里。圣帕尔滕和基尔布之间的自然风光留给我的印象很深，即使心中对乔安娜的去世十分悲痛，但这一带的景观仍引起我的兴趣。乘车经过下奥地利丘陵地带，心中不禁浮现出当年我去见乔安娜的情形，大多数情况下，我都是与她的丈夫结伴，那个壁毯编织家，或者与奥尔斯贝格尔夫妇一起到她那里去。但是我也经常单独去基尔布，在英国逗留这段时间，每逢回到奥地利，我便一个人去基尔布，从城市到乡村一路上景物的变换，让我心旷神怡，难以忘怀。我无论到哪里旅行，都喜欢单独一人，从根本上说我是一个特立独行的人。到了旅行目的地基尔布，见到住在其父母那栋矮小平房里的乔安娜，心中的喜悦更加无法形容。我去乔安娜那里，总是在春天或者秋天，从来不在夏天和冬天。村镇里的姑娘总想方设法去首都，去维也纳，我坐在带头靠的沙发椅上想，直到今天，仍然还是这样。乔安娜要去维也纳，因为她无论如何要为前途着想。她不能再等待下去，她要立刻登上火车，去维也纳的火车，永远离开家乡。但是维也纳给予她的更多的是不幸，我坐在带头靠的沙发椅上想。年轻人到维也纳去追求发展，往往乘兴而来，却因这里社会的肆无忌惮和令人憎恶，最终一切希望落空；同时也因为自己的性格，基本上不能适应吃人的大都会维也纳。奥尔斯贝格尔先生也是要在维也纳发展，我坐在带头靠的沙发椅上想，和乔安娜一样，在维也纳成效甚微。他追求某种发展，但这目标总是无法达到，直到今天。他没有下苦功夫，我坐在带头靠的沙发椅上想，如同乔安娜，归根到底，他也是把事情看得有些轻而易举了。

想在大城市里搞出点名堂来，绝非唾手可得，与其他地方相比，在维也纳更是如此。他们两个人都在这一点上犯了错误，我坐在带头靠的沙发椅上想，他们以为维也纳这座城市会支持他们，大城市不支持任何人，相反，大城市不断把那些不幸的、为改变现状追求发展来到它们面前的人无情地推到一边，不断地毁坏他们，灭掉他们。维也纳把乔安娜毁坏了，灭掉了，还有奥尔斯贝格尔先生，他曾相信，在维也纳他能发展成为世界闻名的伟大作曲家，实际上，他非但没有获得什么发展，而且被维也纳完全毁掉了；施蒂利亚的天才，三十年前崭露头角，我现在想，到了维也纳后不久就衰败了。首先他得到的是当头一棒，然后就萎靡不振了，如同他之前成千上万的天才，尤其是音乐天才。维也纳把他降格为所谓韦伯恩的继承者之一，不能再有任何改变了。而乔安娜呢，自幼梦想能在歌剧院跳芭蕾舞，后来想成为受欢迎的城堡剧院话剧演员，结果到最后，不过只是个舞蹈和话剧方面的业余爱好者而已，只能私人授课讲习舞台动作。已经二十五年过去了，我想，那时我曾给她写一些小型舞台剧。她在一些下午和晚上，在西默林大街的塔楼里为我表演，并录音保存，作为永久的记忆。我写了十几部这种只有两个人物的戏，她想通过表演证明她在这方面如何有天分，我则要证明我的编剧和表演能力。

63

这些剧本都丢失了，没有多少文学价值，但是这些活动，我坐在带头靠的沙发椅上想，是我和乔安娜多年里生活的唯一乐趣，甚至可以说，许多年因此保住了生命。在那些日子里，几乎每两三天就有一个下午，我从位于第十八区的住宅，乘七十一路到西默林大街，在位于乔安娜住的塔楼对面的迪特里希酒铺，买三四瓶那种容量为两升的廉价白葡萄酒，带着酒走进塔楼，乘电梯到十二层去会见乔安娜。我们一边喝着酒，一边练习表演，切磋编剧技巧，对戏剧艺术的紧张投入，加之葡萄酒的效力，最后我们都精疲力竭了。由于我们不能排演了，便放我们同时录制的音带，反复聆听，直至深夜，直至第二天凌晨。我坐在带头靠的沙发椅上想，对我的发展，我和乔安娜的关系起了很大作用，是乔安娜让我重又回到戏剧艺术。从学院毕业后，我决定不再与戏剧打交道了，我现在想。当时拿到毕业证书下楼时，我就考虑，关于戏剧，到此为止了，这辈子要干点儿别的什么，的确之后多年，我没有再接触戏剧，直到我通过奥尔斯贝格尔先生与乔安娜相识。在见面的那一刻，她就触动了我脑子里那根与戏剧有关的弦，使我有了要为她写短剧的想法，其实就是一些戏剧情节片段，我觉得她的声音表现力很强，适合于戏剧表演，让我激动的不是她的长相，是她的声音。的确与乔安娜的相识，与她之

64

间的友谊，使我在长时间厌恶之后，又对艺术和艺术活动产生了兴趣，她及她的一切，对于我都是戏剧。她的丈夫画画，很让我着迷，并且从一开始就吸引我，我坐在带头靠的沙发椅上想。在有利的环境里，她原本可能发展成为了不起的艺术家、舞蹈家，或者话剧表演艺术家，我现在坐在带头靠的沙发椅上想，假如她不是与她的画家即后来的壁毯艺术家弗里茨走到了一起，假如她遇到了相当大的阻力不是立刻就退缩不前。另一方面，她的那些在莱茵哈德戏剧学院的同事怎么样呢，这些人当中，的确有不少人在约瑟夫城剧院或者城堡剧院当了演员，有了名气，实际上只不过是些滑稽可笑、绝对没有多大用处的演员，一年演一回莎士比亚的戏，演一回内斯特罗伊的戏，或者在格里尔帕策的戏剧里扮演某个角色，肯定地说，就对戏剧艺术的理解和悟性，比起乔安娜，他们蠢笨得何止百倍千倍，一辈子都甭想超越。我心想，虽然今晚的"艺术家晚宴"是为城堡剧院的那个演员举办的，实质上，它毫无疑问是一种为乔安娜演奏的安魂曲；下午葬礼上的那种气味，现在在根茨胡同这里弥漫，基尔布公墓的气味忽然充斥在奥尔斯贝格尔夫妇家里。归根到底，这所谓的"艺术家晚宴"，就等同于葬礼宴席呀，我想，并意识到所有受邀参加晚宴的人，只有大家正等待着的那个城堡剧院演员不认识乔安娜。举办"艺术家晚宴"是在乔安娜自杀之前就定下的，主要是与那个城堡剧院的演员商量好的，像奥尔斯贝格尔夫妇所说的那样，《野鸭》这出戏已在学院剧场上演，晚宴也是作为对这次首演的祝贺，虽然晚了些日子，而且又赶上乔安娜去世。奥尔斯贝格尔夫妇对已到场的受邀者说，晚宴是为城堡剧院演员而举行的。但又含糊其词地补充说，也是为乔安娜。那个城堡剧院的演员毫不怀疑，晚宴是为他举办的，这对于奥尔斯贝格尔夫妇就足够了，由于这天正好又是乔安娜的葬礼，我想这晚宴显然偏重于悼念乔安娜，我坐在带头靠的沙发椅上想。这时候我想起来，昨天我曾想读一读《野鸭》这个剧本，以便一旦与城堡剧院演员交谈起来，可以做到平等交流，我以为只要走到我的书柜前，就能很快取出《野鸭》这本书，可是我错了；尽管我确信藏书中有这本书，我的书柜里却根本没有这本书，我想，怎么会没有这本书呢，我打开书柜，伸手去取《野鸭》，因为我想我肯定有这本书，我曾多次读过它，我还清楚记得是怎样一个版本，可是我的确找不到这本书了，我想起，作家珍妮去城里想购买一本也徒劳一场。我坐在带头靠的沙发椅上回想着这本书的内容，有一位老艾克达尔，他的儿子小艾克达尔是一个照相师。这出戏第一幕的场景是工商业家威利的家，艾克达尔的工作室在阁楼上，我想，我逐渐回忆起来剧本的情节了，就不用再述说一遍了。城堡剧院上演这个剧本，无论对剧院还是对观众又会有什么价值呢？我坐在带头靠的沙发椅上想，我又想起铁手旅馆，我到基尔布后立刻与一身黑色装束的杂货店老板去往那里。我只在杂货店待了片刻，告诉她我到了，杂货店老板穿上黑色大衣就与我一起去了铁手旅馆，即所谓进入安排乔安娜葬礼的作战司令部。在旅馆，我和杂货店老板都买了一小份匈牙利炖肉"古拉什"，等着乔安娜的生活伴侣。约十一点半，他来了，坐到我们桌旁。人们穿上了黑色衣服，显得脸色比平常更加苍白，乔安娜（杂货店老板总是称她埃尔弗里德）的生活伴侣脸色就是这样，看起来似乎随时都要呕吐。实际上，他走到桌旁，的确忍不住吐了。他是从教堂旁的停尸房直接过来的，他说，他在那儿看到的一切让他惊骇不已，乔安娜被装在一个塑料袋里，可怜的她得忍受这种状况。装殓师傅，如通常的安排，是当地一个木匠，没有人告诉他具体怎么样做，他就以最简单的方式把尸体装进了塑料袋，放在教堂停尸房的木板支架上。乔安娜的生活伴侣在铁手旅馆说，他到了那里，看到那塑料袋时胃里就特别难受，他吩咐教堂服务人员为死者穿上寿衣，将其放进一口橡木棺材里，他和他们一起把事情办完。他也和我们一样，要了份匈牙利炖肉，他说他无法描述如何把乔安娜的尸体从塑料袋里拉出来为其穿上寿衣这个过程，他太难过了。是他为乔安娜选了这口木匠铺里储存的最贵的棺椁，在他把饭吃了一半时，他走到外面去洗手，返回时，我发现他满眼泪水，他说，乔安娜没有什么亲戚了，他们早就不在人世了，举办乔安娜葬礼的一切事务都落在了他的身上。生活伴侣说，他曾想，杂货店老板会料理与乔安娜自杀有关的一切，可是老板一个劲儿摇头，说她这个店离不开她，哪怕只有一个钟点，杂货店老板认为他作为乔安娜的生活伴侣，一定会操持这一切，理当如此。乔安娜的生活伴侣匆匆忙忙吃完了饭，我还只吃了一半，他那浆洗的白衬衫溅上了菜汤，不，那不是衬衫，是一件浆洗的只有前身的假衬衫，我断定他没有穿衬衫，只是在内衣上套着这样一种东西，这让我想到，乔安娜的这个生活伴侣，在某种程度上，的确是个落魄的人，我坐在带头靠的沙发椅上想。他吃完饭便着急地等着我们，我们俩吃饭都快不了，属于那种细嚼慢咽型，最后我只好停下来，剩下一半不吃了，杂货店老板只能狼吞虎咽地把饭吃完。如果没有人担负起入殓的费用，那尸体就直接装进塑料袋里，然后他又说，停尸房里那味道非常难闻。我这时看到窗外许多汽车开了过去，里边的人我都认识，显然是到基尔布参加乔安娜的葬礼，目的地都是公墓。天这时下起雨了，我想很好，我把我的英国雨伞带在了身边，街上光线暗下来了，店里头变化更大。作家珍妮·比尔罗特带着一帮不到二十岁的年轻人在外边走了过去。我是在塔楼里最后一次见到乔安娜，她面部肿胀，双腿发软。我在铁手旅馆里心里说，我坐在带头靠的沙发椅上想。每个人都会说，她的嗓音因饮酒过度变得粗糙，床上方挂着的壁毯已落满了灰尘，仍让人想起她与她丈夫曾经有过的幸福时光。她的房间里到处是穿脏了的内衣，散发着难闻的气味。看得出来，她基本上整天躺在床上，旁边是一台收录机，已经坏了。所有的东西都蒙着一层灰尘，地板上或立或躺着十几个空白葡萄酒瓶。我想放录音听听我和乔安娜表演的那些短节目。我演国王，她演公主，那是我四五年前突然去塔楼看望她时表演的，但哪里也找不到那盘带子了，其实找到了也没有用，收录机已不能再放录音了。当然是一个光着身子的公主了，我那时对躺在床上的乔安娜说。那你扮演赤裸的国王，她回答并想笑，但没有笑出来。我的这次造访，一点儿没有让人激动和感伤，相反，我心里徒生厌恶，我坐在带头靠的沙发椅上想。她生活伴侣的痕迹已到处可见，我坐在带头靠的沙发椅上想，这里一盒烟卷，那里一条领带，还有脏袜子，等等。我让她失望了，她多次说，她几乎无法在床上坐起来，试了好几次，刚要坐起来就又摔倒了。让她失望了，失望了，她一再这样说。最近几年她依靠卖毯子，就是那些她丈夫留下来的艺术壁毯，维持生活。她没有再听到她丈夫弗里茨的任何消息，也没有其他人的消息，她指的是她丈夫在这里时经常来往的那些艺术界的朋友，听不到任何人的消息了。她让我到楼下迪特里希酒铺买两瓶两升的白葡萄酒。去，她说，如以前一样，去！去！她命令我，我像二十年或二十五年前那样执行她的命令。从迪特里希回来，把两瓶酒给她放到床旁地上便告辞了，同她继续谈话已没有什么意义了，我坐在带头靠的沙发椅上心里说。我想，她走到生命的尽头了。但是，她竟然又活了许多年，现在都让我很吃惊。当我听说她去世了，我的看法是，她早就已经死了，死了多年了，这是事实。这么多年了，听不到她的消息，也见不到她的人，她已经可以说被我忘记了，我坐在带头靠的沙发椅上想。我们与一些人关系非常紧密，以为这是一辈子也不会改变的。但是一旦一夜之间见不着就会全部忘记了，这是事实，我坐在带头靠的沙发椅上想。演员与其他人不一样，我坐在奥尔斯贝格尔家带头靠的沙发椅上对自己说，他们到了午夜才吃晚饭，甚至还要晚，那些想与其在一起的人，只好忍受这可怕的事实。通常，如果我们与演员们在餐馆吃晚饭，第一道开胃汤最早也要到十一点半才送到桌上；

与他们一起喝咖啡，那要等到午夜一点半左右了。《野鸭》是一出比较短的剧，我心里说，从学院剧场到根茨胡同虽然说不太远，也需要半个小时，如果演出在十点半结束，那么演员还要谢幕，我听说这出戏大获成功，观众总是一再热烈鼓掌，那么谢幕的时间也要相应地拉长，然后演员还要卸妆。这样看，城堡剧院这个演员来到根茨胡同赴为他举办的晚宴，无论如何，也要在十二点半之后了。奥尔斯贝格尔夫妇把晚宴定在十点半。此举应该说无耻之尤，我坐在带头靠的沙发椅上心里说，他们肯定知道《野鸭》要演到十一点，他们的艾克达尔是无法在十二点半之前来到根茨胡同的。如果我事先考虑到这场所谓"艺术家晚宴"实际上会在什么时候真正开始，我想，我肯定不会来。只是想到格拉本大街上买一条领带，自然没找到合适的。这倒也没什么，我想，却在最不恰当的时刻碰到了奥尔斯贝格尔夫妇。仿佛时间静止不动了，我想，你看所有受邀参加晚宴的人都是三十年前，就是说在五十年代，与奥尔斯贝格尔夫妇来往密切的朋友，他们与奥尔斯贝格尔夫妇的友谊，就现在的情形看，至今没有间断过。他们之间的友谊如上所述，保持了整整二十年，或者说三十年，而这期间，我与奥尔斯贝格尔夫妇已经没有任何来往了。我突然发现自己是一个背信弃义的人，一个叛徒，背叛了奥尔斯贝格尔夫妇，以及背叛了我与奥尔斯贝格尔夫妇有关的一切，我想，奥尔斯贝格尔夫妇以及他们的客人也和我一样这样想，我想。但是，这我不在乎，恰恰相反，因为即使我现在坐在这里，坐在奥尔斯贝格尔夫妇家的带头靠的沙发椅上，我还是要说奥尔斯贝格尔夫妇使我十分厌恶，那些客人也同样，我憎恨他们所有人，因为他们在一切方面都与我作对，由于现在，我坐在奥尔斯贝格尔夫妇家中，已经几杯酒下肚，有点晕晕乎乎，要尽可能克制住，其实在我的内心里，我对他们的厌恶实际上一向都是憎恨，憎恨与其相关的一切。我们同人家情深意长，并且相信天长地久，终生不变，没想到有一天，我们尊重的、佩服的这些亲爱的人，会使我们大失所望，我们会嫌恶他们，憎恨他们，要与他们一刀两断，我坐在带头靠的沙发椅上想；由于我们无法做到一辈子对他们怀恨在心，如同原初对他们的倾心和热爱，于是我们就干脆把他们从我们的记忆中抹掉。的确我二十年来做到了与奥尔斯贝格尔夫妇不再来往，并且已经不担心遇到他们会有什么危险，因为我已经设计好了既定策略：不再与这些不是人的东西打交道。我只能这样称谓他们，所以二十年来能成功地逃脱他们并非偶然，我坐在带头靠的沙发椅上想；只是乔安娜的去世，使我与奥尔斯贝格尔夫妇在格拉本大街上不期而遇。他们突然邀请我参加为《野鸭》的主角而举办的晚宴，或者说为主演《野鸭》的表演艺术家举办的晚宴。而我呢，不假思索地匆忙接受，这是地地道道的大脑短路，我想。再者说，即使我答应了参加晚宴，也不必一定就来嘛，可我怎样呢？一点儿犹豫也没有，毫无保留地接受并准时前来赴宴，我想。从我接受邀请的那天到"艺术家晚宴"举办的这天，中间还有足够的时间可以考虑是否真的要来奥尔斯贝格尔夫妇家，有时我想去他们家，有时我想不去他们家；有时我对自己说去，有时我又对自己说不去；我去他们那里，我不去他们那里，翻来覆去，弄得我简直要发疯，即便在当天晚上，在我来根茨胡同这里之前，仍然不能决定是否参加晚宴。奥尔斯贝格尔夫妇，他们在基尔布葬礼上的样子，一如既往，仍让我深感厌恶。还有几分钟，非决定不可的时间到了，我想，你当然不能去，这对夫妇可恶透顶，他们背叛了你，而非你背叛了他们，我一直在想，同时，我在洗澡间开洗手盆水龙头放水，放冷水冲手腕，还把脸放在龙头下，为了让冷水使我头脑清醒；奥尔斯贝格尔夫妇在这二十年里，尽其可能到处说你的坏话，贬低你，歪曲关于你的一切，可以说想方设法破坏你的名誉，我想，编造一些关于你的不实故事，散布谣言，卑劣的谎言越来越多，在这二十年间，不下成百上千的谎言，说你在玛丽亚-扎尔如何利用他们，而非他们利用你；你是无耻之徒，而非他们；你污蔑了他们，而非他们污蔑了你；你背叛了他们，而非他们背叛了你；等等。总之，我能考虑到的所有理由都反对我去参加晚宴，没有一条支持我去奥尔斯贝格尔夫妇家，已经有二十年没有与他们有任何来往了，尽管如此，最终我心里还是充满对他们极大的厌恶和憎恨，做出决定去他们家里，起身穿上大衣，来到根茨胡同，心里想着，绝不能去根茨胡同，人却走到根茨胡同里了，我坐在带头靠的沙发椅上心里说，一切都反对我去根茨胡同，一切都反对我参加这样一次可笑的"艺术家晚宴"，可是我来了。还在往这里来的路上，我一直对自己说，我不能去根茨胡同，我不要与奥尔斯贝格尔夫妇打交道，我不想跟所有参加晚宴的人来往，我憎恨他们，我憎恨他们所有的人，但是，我却一步一步继续往根茨胡同走，最后按了奥尔斯贝格尔夫妇家的门铃。一切都不支持我来到这里，但我却来到这里，我坐在带头靠的沙发椅上想。若是不来，在家里读我的果戈理、我的帕斯卡，或者我的蒙田，那该多好。或者弹奏勋伯格、萨蒂的曲子，或者在维也纳大街上闲逛，岂不更好。实际上，奥尔斯贝格尔夫妇对我的到来感到的惊讶，远超过我自己，我想，我从奥尔斯贝格尔太太接待我的样子看得出来，奥尔斯贝格尔先生脸上的神情更为明显。你真不该到根茨胡同里来，我站在奥尔斯贝格尔太太面前那一时刻就在心里对自己这样说，真是神经错乱了，我一面心里对自己说，一面想把手伸向奥尔斯贝格尔先生，他没有与我握手，是因为他酒喝太多了，还是卑劣地以此让我难堪，我无法断定，我坐在带头靠的沙发椅上想。他们在格拉本大街上遇见我，向我发出口头邀请，我的确不该来，无论如何不该来，我坐在带头靠的沙发椅上想，也许他们自己也不知道为什么要邀请我来吃晚饭，他们夫妇在格拉本大街上竟然直截了当地把晚饭称为"艺术家晚宴"，我听了都觉得难堪，他们怎么能不让人感到可笑呢，我想。奥尔斯贝格尔夫妇本来可以在格拉本大街不与我打招呼，我想，他们可以装作没看见，如同几十年来忽视我的存在一样，就像我几十年来忽视他们的存在，我坐在带头靠的沙发椅上想。对接受这个邀请应负责任的是乔安娜，我想，因为她，我的大脑出现了短路。这个去世的人应对这桩后果严重的事情感到内疚，我想，同时我又想到，这种想法是多么荒谬，可是我一再这样想，乔安娜应对此事负责，归根到底是她使我违心地来到了根茨胡同，参加所谓的"艺术家晚宴"。由于乔安娜的去世，于是奥尔斯贝格尔夫妇在格拉本大街遇到我便向我发出邀请，把老死不相往来的二十年一笔勾销，我也同样出于这个原因接受了邀请。奥尔斯贝格尔夫妇当时不只是一般那种简单、笼统邀请，还强调说晚宴的主角是那名在城堡剧院主演《野鸭》获得巨大成功的演员，奥尔斯贝格尔太太就是这样说的，我竟然也答应了。最近十年或者十五年里，我没有接受任何一次有话剧演员也应邀参加的聚餐活动，我坐在带头靠的沙发椅上想，凡是有话剧演员去的地方，我一概不去，忽然说一名话剧演员，还是城堡剧院演员来赴晚宴，而且还是在根茨胡同，还是奥尔斯贝格尔夫妇家举办的晚宴，我竟然来了。现在你对自己的行为觉得不可理解，甚至捶打自己的脑袋也没有什么意义了。我的确并不掩藏对所有这些人的厌恶，包括奥尔斯贝格尔夫妇，我坐在带头靠的沙发椅上对自己说，大家都觉得我讨厌他们，我憎恨他们，他们看到我在憎恨他们，他们也听到我憎恨他们，反过来看，他们对我如何呢，我的印象是，所有这些人都反对我，我的所见所闻充分证明，他们讨厌我，甚至肯定憎恨我。奥尔斯贝格尔夫妇憎恨我，他们明白，我是他们仓促邀请来的客人，是这次聚餐会上的美中不足，他们担心的是，城堡剧院演员到来后，那时大家都要聚在餐桌旁开始晚餐，他们会发现只有我在观察他们，我这个可恶的人，舒服地坐在带头靠的沙发椅上，在门厅不太明亮的光线掩护下，玩着令人作呕的把戏，对奥尔斯贝格尔夫妇的客人如同人们所说的那样进行拆解和剖析。奥尔斯贝格尔夫妇一向因此对我不满，说我不放过一切机会拆解、剖析他们，肆无忌惮；但是我总是有减轻自己过错的理由，我对自己拆解、剖析得更厉害，从来不手软，不放过任何机会，把自己彻底拆卸，如人们所说的，直至分崩离析，我坐在带头靠的沙发椅上对自己说，与对待他们一样地不留情面，一样地卑劣，一样地大刀阔斧，对自己的拆解、剖析，比对他们更不留余地，我对自己说。值得安慰的是，不仅我骂自己，做出到根茨胡同这种愚蠢的、没有志气、没有性格的事情，那奥尔斯贝格尔夫妇想必也骂他们自己，怎么会邀请我来参加聚会。我现在已经坐在这里了，这个事实无法改变了。三十年前，我在这个房子里进进出出，仿佛这是我自己的家，我坐在带头靠的沙发椅上想，同时观察着音乐室的活动，那里灯光明亮，没有什么可以逃过我的眼睛，而我自己则整个时间完全处于昏暗之中。我的这个座位虽然说处于不伦不类的位置，但对我毫无疑问十分有利，到这里参加"艺术家晚宴"的客人，跟晚宴举办者一样，可以说我认识他们也都几十年了，只有那几个年轻人，主要是两个青年作家，我不认识，对他们我也不感兴趣，除了也观察他们，我不想进一步接近他们，我根本就不会想到站起来走过去，与他们攀谈，与他们探讨或争论什么。可能我太疲劳了，我在基尔布有关乔安娜葬礼所经历的一切让我疲惫不堪，那种糟糕的心境，尤其在葬礼之后，更是无以复加，我想，我只能逐渐地弄明白为什么；现在脑子里一直昏昏然，纷乱的思绪有待理清，我想，我得首先好好睡上一觉，我坐在带头靠的沙发椅上想，回头到了家里，首先要躺到床上去，整天躺着，不要起床，要继续睡，甚至第二天一整天再接着一个晚上，我太疲劳了，精疲力竭地坐在带头靠的沙发椅上。我们以为我们还是二十岁，并以此行事，实际上我们五十多岁了，已经走下坡路了。我们对待自己仍然如同对待二十岁的年轻人，这样做怎么会不毁掉我们自己呢，我们同所有其他人打交道也如此，好像我们还二十岁，实际上是五十岁，我们已没有忍受能力了，我们忘记我们的身体已不能正常运转了，已经有许多病痛，患上了所谓的"不治之症"，而且已经折磨我们很长时间了，不过我们总是无视其存在，很长时间不认为这是真实情况，其实疾病一直在威胁着我们，持续地与我们形影不离，终究有一天它会把我们灭掉，是啊，我们就是如此麻木不仁，仿佛我们身体还硬朗，还像三十年前那样有力气，岂不知时过境迁了，再别妄想有那样的力气了，我坐在带头靠的沙发椅上想。三十年前，连着两夜三夜不睡觉，一点儿都不在乎，几乎不停地喝酒，随便什么酒，有说不完的话，几天几夜说个不停，同当时还是朋友的各位聊起天来，就不知道什么是疲倦，打开话匣子，滔滔不绝，像人们常说的夜以继日地逗乐子，也没有发现对我的身心有任何伤害。我现在还记得，许多年我都在凌晨三四点钟才回家，待鸟儿都啁啾鸣啭，才上床睡觉，一点儿都不觉得疲劳，依然天天精力旺盛。许多年我都是在晚上十一点左右去内城各种位于地下的酒肆饭铺，在那里一直待到三四点钟，以我当时所特有的、可以说是不管不顾的脾气，最后总是耗尽精力。今天想想，当时这种情况并没有对身体有什么伤害。正是与乔安娜的来往，使我在交谈和饮酒中度过了不知多少不眠之夜，我坐在带头靠的沙发椅上想。那个时候我没有钱，也没有其他任何值钱之物，但是竟然整夜整夜地聊天、喝酒，没完没了地讲啊、跳舞啊，就这样和乔安娜及其丈夫，和珍妮·比尔罗特，主要是经常与奥尔斯贝格尔夫妇度过了许多时光。那个时候，我拥有一个年轻人所拥有的全部精力，放肆地让所有有点财力的人供养我，我坐在带头靠的沙发椅上想。我身上分文不名，但却照常无忧无虑地吃呀喝呀，我坐在带头靠的沙发椅上想，同时观察着音乐室的客人们。这么多年，我得说，每天到下午就到西默林大街与乔安娜聚会，之前还要到迪特里希酒铺，买上几瓶葡萄酒，一直在乔安娜那

79

里待到凌晨，然后乘七十一路头班车返回城内，或者干脆步行，从西默林大街，沿着赛马大街往前一直走，经过黑山广场，直到韦灵。那个时候，我坐在带头靠的沙发椅上想，夜里，可以看到送货的马车停在奶制品店门前。我走在赛马大街中间，从这里越过黑山广场，沿着还没有行人和车辆的安静的环路安全走回家，不必担心车辆碰撞。如果那时候我在大街上遇见了人，那这人一定是和我一样的醉汉，我边走边唱，天还不亮，罕见有汽车在马路上穿行。我活这么大，还没有像从乔安娜住处出来，直至回到家里这段路上，唱那么多的意大利咏叹调，我坐在带头靠的沙发椅上想。当年我有力气，步行、唱歌，我坐在带头靠的沙发椅上想，如今我可没有这份又走又唱的能耐了，这就是区别。距今三十年了，那是十五公里的路程，说走就走，夜里步行回家，我坐在带头靠的沙发椅上想，还唱着咏叹调，以当年对莫扎特和威尔第的热爱表达着内心的兴奋。距今三十年了，我为歌剧狂，我坐在带头靠的沙发椅上想。三十年前没有乔安娜，我坐在带头靠的沙发椅上想，我就走另外一条道路了，很可能是与此截然相反的道路，我继续回忆着，如果没有认识奥尔斯贝格尔先生，因为认识他，对我意味着转向艺术，我在莫扎特学院毕业后就离开了艺术，我当时原以为永远把它放到身后了。离开莫扎特学院时，我突然有一种强烈的愿望，从此再不同艺术打交道了，选择了一条与此完全相反的路。遇到了奥尔斯贝格尔先生，我坐在带头靠的沙发椅上想，在我的心里又一次发生了根本变化，遇到乔安娜，艺术的化身，我才最终下了决心，我想。三十五年前，最终义无反顾地选择了艺术，而不是技艺。我坐在带头靠的沙发椅上想，我那时根本不懂得什么是艺术，但是我决定从事艺术，尽管还不知道从事怎样的一种艺术。我当时选择了奥尔斯贝格尔先生，三十五、三十四、三十三年前的那个奥尔斯贝格尔先生，那个具有艺术家气质的奥尔斯贝格尔先生。选择了乔安娜，那个洋溢着艺术家才华的乔安娜。选择了维也纳，那富有艺术精神氛围的维也纳，我坐在带头靠的沙发椅上想。彻底转向艺术世界，这我得感谢奥尔斯贝格尔先生，我现在坐在带头靠的沙发椅上想，还有乔安娜，以及三十五年前和三十二年前与奥尔斯贝格尔先生和乔安娜相关的一切，这是事实，我坐在带头靠的沙发椅上想。我多次提到艺术世界还有艺术精神，有时声音很大，音乐室里的人想必都听得见，他们听到了，因为他们忽然一下子朝我这里看，朝昏暗的门厅，并没有看到我，因为他们听到了我不时说出的艺术世界、艺术精神这些词语，我想，这些词语当年对我有怎样的特别意义，今天仍然意义重大，对我来说这些词语意味着一切，我坐在带头靠的沙发椅上想，而奥尔斯贝格尔夫妇的所作所为是多么乏味，他们的晚餐，确切地说是夜餐，美其名曰"艺术家晚宴"，在维也纳很流行的称谓。他们，奥尔斯贝格尔夫妇，是多么堕落啊。我坐在带头靠的沙发椅上想，在我的眼中，他们早在几十年前，在艺术上，或者说在精神方面，甚至可以说整个心灵都垮掉了。音乐室所有的人，听到我说艺术世界、艺术精神这些词语，好像我在说，如奥尔斯贝格尔夫妇那样，关于"艺术家晚宴"，他们只注意我说的这些词语的声响，至于这些词语在我说它们时对我具有何等意义，他们则无从理解。所有这些人的确曾经是艺术家，或者至少具有艺术才华，我坐在带头靠的沙发椅上想，现在他们都成了艺术无赖，与艺术和艺术家气质毫不沾边，如同奥尔斯贝格尔夫妇举办的晚餐会。所有这些人曾经是艺术家，或至少曾经从事过艺术工作，我坐在带头靠的沙发椅上想，如果说他们那时是美丽的蝴蝶，那么他们现在退化成了原初的幼虫，或者只剩下躯壳；我只要听到他们说什么，只要看到他们的样子，只要接触一下他们的作品，就立刻有这种感觉，就像我对这次晚餐会及相关一切的感觉一样。所有这些人，过去的这三十年他们变成了什么样，我想，所有这些人在过去的这三十年里让自己变成了什么人，我自己在过去的这三十年里变成了什么人，我想，不管怎样都让人沮丧，无论这些人在这三十年里的变化，还是我自己在这三十年里的变化，他们把曾经的幸福变成了今天的沮丧，我坐在带头靠的沙发椅上想，他们使一切都变得让人极其郁闷和失望，本来满满的幸福变成了萎靡和抑郁，我坐在带头靠的沙发椅上想，我的情况也是如此。当年，三十年前或者二十年前，这些人毫无疑问是幸福的人，精神焕发，今天他们个个都是沮丧的人，委顿、压抑，像我一样，归根到底，消沉、郁闷，毫无幸福可言。我坐在带头靠的沙发椅上想。无与伦比的幸福变成了无以复加的灾难，我坐在带头靠的沙发椅上想，从前景充满光明到眼前一片漆黑。每逢我朝音乐室看，目光所及，尽是毫无希望的茫然，我坐在带头靠的沙发椅上想，无论是作为人还是作为艺术家，都处在难以挽救的沉沦境地，实际情况就是这样。所有这些人在五十年代，就是三十年或者四十年前，都满怀信心，跃跃欲试，期望在维也纳有所发展，如人们所说的那样搞出点名堂来。可是事实上，他们变成了徒有其表的乡巴佬艺人，问题是，他们是否不来维也纳而是到其他大城市就会搞出名堂，就会大展宏图呢？答案当然是否定的，他们肯定在任何地方都不会有什么出息的，我想。如果我说他们在维也纳一无所成，根本就不可能有所作为，那就是说，我意识到他们自己并不知道他们一无所成，我想，因为他们那副样子，让人觉得他们不知道他们是一无所成，相反，他们给人的印象仿佛他们在维也纳的努力得到了回报，或者说他们在维也纳事业有成，就是说他们到维也纳来所怀有的那些期望确实都实现了。他们以为，我想，或者至少他们经常认为他们是成功人士，尽管实际上他们一事无成，但是他们在大部分时间里都迫切地认为他们心想事成了，我想。他们这样认为的根据是因为他们有了名气，获得了不少奖项，发表了不少作品，他们的画卖给了不少博物馆，他们的书在最好的出版社出版，他们的画作在最好的博物馆收藏。这个可恶的国家给了他们各种各样的奖项，把各种各样的奖章挂到了他们的胸前，但是我认为他们没有任何建树，我想。他们所有人，如人们所说出了名了，成了所谓著名的艺术家，他们成了所谓艺术委员会成员，他们称自己为教授，登上许多学院的讲坛，时而被这所学院时而被那所大学邀请，他们时而在这个研讨会时而在那个学术论坛发表演讲，他们一会儿去布鲁塞尔，一会儿去巴黎，一会儿去罗马，一会儿去美洲大陆，去美利坚合众国，他们还去日本、苏联，或者中国，他们曾经应邀或者将要应邀去那里做报告，讲述他们自己，在展览会上展示他们的画作，但归根到底，我想，他们还是一事无成。他们所有人都没有攀登上高峰，他们的所谓高峰，我想，只不过是自我满足和自我慰藉。奥尔斯贝格尔先生的乐曲并非没有上演过，我坐在带头靠的沙发椅上想，韦伯恩的继承者之一，奥尔斯贝格尔先生，并没有被低估，相反，随时随地在人们的演唱中、吹奏中、弹拨中（他会设法安排！），随时随地在敲击中、在弓弦互动中听到他谱写的某些旋律，有时在巴塞尔，有时在苏黎世，有时在伦敦，有时在克拉根福（他会设法安排！），这里是二重奏，那里是三重唱，这里是长达四分钟的合唱，这里是十二分钟的歌剧，那里是三分钟的康塔塔，这里是几秒钟的歌剧片段，那里是几分钟的歌曲，这里是两分钟、那里是四分钟的咏叹调；有时是英国人，有时是法国人，有时是意大利人演奏或演唱，演奏他作品的有时是波兰的、有时是葡萄牙的小提琴家，有时是智利的、有时是意大利的单簧管演奏家。几乎刚到一个城市，就考虑下一个演出地点，我们的韦伯恩继承者多么辛苦，我想，我们的一路小跑到处巡演的奥尔斯贝格尔先生，我们的附庸风雅、追求时髦、来自施蒂利亚的乐曲写手。如果说，布鲁克纳的雄伟让人无法忍受，那么韦伯恩让人无法忍受的是贫乏和寒酸，比安东·冯·韦伯恩贫乏和寒酸十倍、百倍的是奥尔斯贝格尔先生。如同愚钝的文学家称保尔·策兰为几乎没有词语的诗人，那么我得说奥尔斯贝格尔先生是几乎没有音调的作曲家。这位出生于施蒂利亚的追随者、模仿者的作品，不是没有人演出，我想，但是在三十年前，五十年代中期，这些作品就局限于所谓对韦伯恩的继承而不能自拔；还没有写出三个乐句，我想，作曲者就不存在了。奥尔斯贝格尔先生的音乐作品里，你找不到奥尔斯贝格尔先生，我想，他那所谓的格言警句式的音乐（这是我对他在五十年代把复制模仿作为作曲的称谓！）就是地地道道对韦伯恩令人无法忍受的、毫无创造性的模仿，韦伯恩本身，如我现在所了解的，并不是什么天才，只不过是音乐史上突然发作的、具有创造性的、完美的疲软。事实上，我现在坐在带头靠的沙发椅上想，同时感到脸红，这位奥尔斯贝格尔先生从来都不是天才，我在五十年代是不会这样认为的，他只不过是一个可怜的、有点才能的小市民，来到维也纳的最初几个星期里，他的才能就完全像人们常说的那样消耗殆尽了。维也纳是一台可怕的消灭天才的机器，我坐在带头靠的沙发椅上想，一个摧残天才的场所。所有这些被消灭、被摧残的天才，比如我透过烟雾看到的音乐室里那些人，那些可怜的人，不得不以烟酒消磨时间，等待晚宴主角的到来。他们在三十年前，或者在三十五年前，抱着很大希望来到维也纳，结果他们的天分和才华被维也纳摧残和消灭了，所有这些有天分有才华的人都被毁灭了。每年在奥地利村镇里都有成百上千个这样的人诞生，他们自以为会有出息，我坐在带头靠的沙发椅上想，他们搞不出任何名堂，因为他们来到维也纳并留在这里，他们对这里的一切感到满意。没有在关键时刻离开这里到国外去，有的人这样做了，他们在外国施展了他们的才华，所有留在维也纳的人都一事无成，所有到国外的人都成就斐然，我有资格这样说。一些人对维也纳感到满意，则活得平平淡淡，而另一些人，对于他们来说，维也纳无法满足他们，他们在关键时刻离开了这里，到外国去，这些人就大有作为了，我坐在带头靠的沙发椅上想。我不想推断，在音乐室里等待城堡剧院演员、等待"艺术家晚宴"开始的那些人，假如他们在关键时刻离开了维也纳会有怎样的发展。那名女作家，珍妮·比尔罗特，取得了一点点成绩，报刊上发表了肯定性的评论，于是就心满意足地留在了这里；博物馆买了画家雷姆顿两幅画，就能让他在这里安家落户；那名女演员，因为《信使报》或者《新闻报》上面有一点拙劣的好评，就得意扬扬待在这里不走了。我坐在带头靠的沙发椅上想，音乐室里尽是这样一些滞留在维也纳的人，他们几乎窒息在小市民的平庸和沾沾自喜中，就是这样一些人在基尔布走在乔安娜棺椁后面，我想。葬礼，只因这些人，就足够让我心情抑郁了，我坐在带头靠的沙发椅上观察着这些人，心里想，在基尔布令我悲哀和沮丧的，不是乔安娜下葬本身，而是在乔安娜棺椁后面走着的那些人，那些从事所谓艺术的行尸走肉，清一色的失败者，在维也纳的失败者，他们是活死人，作家、画家、演员、舞蹈家及其追随者，他们是活着的尸体，活着的、仍然还活着的艺术从业者尸体，惨遭倾盆大雨无情地、不间断地打击，直至成为不值一提的笑谈。这些人的样子与其说让人悲哀，不如说让人恶心，我想。这些让人不忍目睹的、伪劣的、失败了的艺术草包，我观察他们很久了，他们跟在乔安娜棺椁后面，身体呈悲伤状在公墓的烂泥地里行走，我坐在带头靠的沙发椅上对自己说。在基尔布，让我气不顺的，不是葬礼，而是那些参加葬礼的人的行为，他们从维也纳开着豪华轿车到这里来。在基尔布，不是乔安娜的去世让我情绪激烈波动，不得不吃救心药片，而是那些所谓艺术人在基尔布的行为举止，那些伪艺术人在基尔布的作为，我想，同时我又想，我在基尔布的出场，我的行为肯定也同样被他人讨厌，无比讨厌。先不说别的，仅我穿了一身黑色套装就足够让人厌恶的了，我现在心里说，还有我在铁手旅馆吃匈牙利炖肉，与乔安娜的生活伴侣谈话，似乎我是乔安娜唯一的亲近之人，我的作为仿佛我是唯一有权过问乔安娜事情的人。我关于乔安娜葬礼的种种考虑，只能更加使我不招人待见，无论我的想法如何，无论我在这方面又回忆起什么往事，只能让人厌恶。我对其他人感到厌恶，也自然迫使我讨厌我自己，我想，联系到与乔安娜葬礼相关的一切，我现在益发感到自己可恶。自己独到基尔布去，这一点已经十分可恶，坦白地说，好几个人都愿意提供便利，让我搭他们的车，我想，我到基尔布与乔安娜的好友杂货店老板谈话，仿佛我与乔安娜关系非常密切，有恃无恐地一开始就占用了她的好多时间，使她无法去招呼来参加乔安娜葬礼的其他人，我想。我在基尔布把自己凌驾于他人之上，我对自己说，这是很可恶的，我现在想。我没有足够尊重乔安娜的生活伴侣，我现在想，贬低了所有来参加葬礼的人，抬高了自己，我想这是很可悲的。另一方面，我在葬礼上以为我的行为举止是正确的，在葬礼期间，不感到自己有什么失当之处，直到现在，坐在带头靠的沙发椅上，我才意识到在基尔布参加葬礼期间我的过错。在基尔布，乔安娜的去世，她的自杀，没有让我感到多么悲伤。我坐在带头靠的沙发椅上想，我在那里只顾对她的朋友气恼，同时我又并不清楚为什么会这样。实际上，杂货店老板打电话通知我乔安娜自杀的消息时，我心里并没有感到震惊，只不过装着震惊，我现在想，我没有震惊，当时其实心里感到的是好奇，而非震惊，我对杂货店老板表示我的震惊，实质上我只是好奇，想从杂货店老板那里立即了解关于乔安娜自杀的详情，毫无顾忌，对此，我现在坐在带头靠的沙发椅上感到震惊，我不悲伤，而是好奇地一个劲儿打听具体情况，肯定让电话那头的杂货店老板感到不快，人家明白礼道，有涵养，我在电话里则相反，不通情理，不懂规矩。这个情理和规矩的后面，是一个人内心的悲悯和体恤。当然，由于多年与乔安娜没有来往，她已经远离了我，因此，杂货店老板的电话无法让我立刻像上述所说的那样感到震惊，也不能当场使我感到悲痛，只有好奇，想方设法要马上从杂货店老板那里得知乔安娜自杀的详细情况，想知道的是过程，是细节，而首先不是这个事实。通完电话之后，我才意识到电话带来的悲哀，我骤然不再好奇，而是十分悲伤。我确实感到悲伤，就是这样的心情，使我跑到了城里，到格拉本大街上，到克恩滕大街，煤市大街，走进明镜胡同，坐进布罗伊纳霍夫咖啡馆，依照多年的习惯翻阅意大利《晚邮报》、法国《世界报》、《苏黎世报》以及《法兰克福汇报》这些无耻的报纸，看得让我作呕，于是便又来到格拉本大街，想要买一条领带，结果没有买成领带，却遇到了奥尔斯贝格尔夫妇，他们告诉我乔安娜自杀的消息，其实这会儿我已经知道乔安娜不幸离世，而且比他们知道得还要多，但是当着他们的面，却装着仿佛一无所知、闻所未闻，我那种毫无思想准备的样子，让他们肯定感觉到我听闻乔安娜自杀大吃一惊，实际上他们哪里知道，我听到他们告诉我这个消息后，那种吃惊的样子是装出来的，是在演戏，我坐在带头靠的沙发椅上想。事实上，我为乔安娜的自杀十分悲伤，以至于晕头转向，毫无目的地在城里转来转去，遇到了奥尔斯贝格尔夫妇，却无耻地装着听到他们说乔安娜自杀惊诧不已。由于我的惊诧是在表演，接受他们邀请参加所谓的"艺术家晚宴"，自然也是在表演，在格拉本大街上，在奥尔斯贝格尔夫妇面前的一切，都是装出来的，是表演出来的，我坐在带头靠的沙发椅上想。我听到他们说乔安娜自杀，感到大吃一惊，是假装的。我答应接受邀请参加"艺术家晚宴"，是欺骗他们。这一切都是在演戏，我本来是做戏，并非要真的接受他们的邀请，我现在想，结果却真的接受了他们的邀请。事情的发展真是怪诞，我想，后悔之余倒也觉得很开心。我坐在带头靠的沙发椅上想。说到底，我在奥尔斯贝格尔夫妇面前做的一切，都只不过是演戏而已。我现在坐在带头靠的沙发椅上又在蒙骗他们，我其实并不在根茨胡同他们这里，我只是装着我在根茨胡同，在他们家里，我心里说，我总是在蒙骗他们，我心里说。我总是蒙骗所有的人，

91

我这一辈子都是在表演，在蒙骗，我坐在带头靠的沙发椅上对自己说，我过的生活不是真实的生活，我的生活，我的存在，都是在演戏，总是在表演给人看，从来不是我的真实生活。我对自己说，我的这种表演太过分了，以至于我自己甚至相信了这种表演。我深吸了一口气，对自己说，说得让音乐室里的人肯定都能听到，你的生活是伪装的，不是真实的，只是表演给人看的一种存在，不是实实在在的存在，涉及你的一切，你现在的一切，都总是一种蒙骗，不是实际的、真实的存在。我现在必须终止我的这种推想，否则我真要发疯了，我坐在带头靠的沙发椅上想，同时又喝了一大口香槟酒。在我自己自斟自饮不断喝着香槟酒时，音乐室的人也在喝酒，但还是有所节制，穿插着喝些纯净水，他们不愿意在晚宴前，就是说在所谓的"艺术家晚宴"开始前，像奥尔斯贝格尔先生那样喝得醉醺醺的，我不担心我喝得太多，我一直在喝。但我自然也不像奥尔斯贝格尔先生那样无所顾忌地猛喝，像他那样喝醉。我现在喝酒懂得有节制，只是每十分钟或者十五分钟喝一口，实际情况就是这样；我不是二十岁，而是五十二岁，这一点，我这个晚上在根茨胡同没有忘记。在基尔布，这些艺术从业者给人的印象很怪异，至少让我觉得他们的艺术追求和艺术活动使他们变得丑陋，他们步伐做作，他们的声音矫饰，他们身上的一切都不自然，而我觉得公墓是世界上最自然的。他们默哀，身躬得太低；默哀毕，他们又过早（或过迟）抬起头，让他们坐下，他们坐下得太迟（或太早），要他们开始唱，他们唱得太早（或太迟），要他们脱帽，他们脱得太早（或太迟），他们要对神父说点儿什么，不是说得太早就是太晚。基尔布的居民参加乔安娜葬礼的人很多，与那些所谓艺术家不同，这些人的一切举动都很自然，他们话说得自然，歌儿唱得自然，行走得自然，落座得自然，起立得自然，一切都做得不迟、不早、不短、不长。那些从维也纳来的所谓艺术家，参加葬礼的着装既怪诞又可笑，基尔布的居民穿得非常得体，我坐在带头靠的沙发椅上想。基尔布居民和基尔布这个地方浑然一体，和这里的公墓协调一致，从维也纳来的那些艺术人，在基尔布和这里的公墓都显得扎眼，格格不入。我走在长长的送葬队列中，心里就想，来自维也纳的这些悼念客人，他们的城市派头与基尔布公墓太不般配。每个来自维也纳参加葬礼的客人，在基尔布都是一种怪物，我走在乔安娜的棺椁后面这样想，走在杂货店老板和生活伴侣中间，后者从教堂到公墓这段足有两公里的路上咳嗽得特别厉害，好像他患有肺病。想到在我旁边走着的乔安娜的生活伴侣可能患有肺病，让我颇感不舒服，每当他咳嗽我都屏着呼吸，免得受到传染，直到我忽然想到，我自己本来就有肺病，可能比乔安娜的生活伴侣病得更严重，我突然咳嗽起来，而且比走在我身旁的乔安娜的生活伴侣咳嗽得厉害，而他，只要我咳嗽起来，他就停止了咳嗽，那情形仿佛他懂得了我患有肺病，可能传染他，因为每当我咳嗽起来，他便用纸巾挡住鼻口，把头转到一旁。杂货店老板穿着一件雨披，这样的装束最适合当时的天气条件，我坐在带头靠的沙发椅上想，葬礼上，基尔布人的着装都很实际，不像来自维也纳的那些人，他们的衣服都淋湿了，那些从维也纳来参加葬礼的人，他们以为这地方很冷，实际上比较暖和，另外也是为了炫耀吧，他们穿着皮大衣，不仅看起来怪诞、可笑，而且让雨淋得滑了吧唧，不久上面便形成浑浊的细流往下淌。他们虽然撑起了雨伞，但随着葬礼开始，便从山里刮来了风，一阵强风把他们的雨伞刮得伞面背了过去，甚至撕毁、扯烂，无法再用了。一如既往，在这样的场合，我坐在带头靠的沙发椅上想，总是有一位神父在葬礼上讲些一成不变的套话。但是时代在变化，当时我在敞开的墓穴旁想，我现在坐在带头靠的沙发椅上想，至少有一位神父在乔安娜葬礼上讲点什么，十年或者十二年前不会有任何一位神父，在奥地利的公墓里，为一个自杀的女人在墓穴旁讲话。神父的讲话如同我至今听到的所有葬礼上讲话一样，低俗，没有水平，加上那神父的喉咙似乎受伤，发出的高音如此劈裂，我的耳朵都震得疼痛。遗憾的是，他讲的内容还是听得很清楚的，就像天主教会在这种场合所宣讲的那样，尽是谎言和伪善。在讲话结尾，他说，他小时候与乔安娜一起在基尔布上小学，他很愿意回忆这个让人喜欢的小姑娘。谈及乔安娜在维也纳的经历，他用的词是"大城市的泥沼"。他的面孔让人想到村镇小职员那种样子，不是典型的农民相貌。我们比如说走进乡村库房，借一把锤子、一把斧子，或者橡胶靴、抹布，会看到一副这样的面孔，我坐在带头靠的沙发椅上想，狡黠、疑惑的面孔，让我们瞬间就转过脸去，不敢多看。从维也纳来的这帮艺术从业者，我坐在带头靠的沙发椅上想，他们在葬礼上被动地接受着天主教仪式，他们只是照猫画虎地跟着做，恐怕永远也弄不懂这仪式的真谛。他们对这样的仪式的确完全不了解，或者从来就没有想了解过，像我一样，几十年不接触这样的仪式，也因此在这里比比画画的，显得十分虚伪；他们跟着做，仿佛知道什么时候起立，什么时候不起立，什么时候祈祷，祈祷词是什么，什么时候跟着唱，唱什么，其实像我一样一无所知。于是，这些来自维也纳的艺术人只是含糊地小声祈祷，人们根本听不出他们说的是什么，他们的唱也是如此，如同他们坐下也好，起立也罢，总是比基尔布人晚一秒，如此等等。来自维也纳的这些艺术人只动嘴唇，只满足于一种戏剧表演效果，我想，像我一样，在基尔布公墓的整个时间，我其实也是在做戏，装作是在说和唱，或者不说也不唱。在葬礼期间我脑子里总在想，棺椁里到底什么情况，尸体是什么样子，在整个葬礼过程中，我的思想一直集中在这一点上，可以说欲罢不能，好像中了魔似的，被这种可恶的念头所吸引。由于乔安娜的生活伴侣在铁手旅馆讲述了他在停尸房的经历，在整个葬礼期间，这个极其可怕的想法一直占据着我的脑海，无论怎样尝试，都挥之不去，我的确真的不想有这种想法，我怎么会有这种想法呢，当然不可能，我坐在带头靠的沙发椅上想，杂货店老板总用"约翰"称呼乔安娜的生活伴侣，这个约翰在停尸房吩咐重新装裹乔安娜的尸体后，在铁手旅馆里讲述了他的这个经历给我们听，他讲述时那种毫不忌讳、那种冷静客观的表情，让我的心里总惦记着想知道棺椁中的情况，我坐在带头靠的沙发椅上想，乔安娜的生活伴侣约翰本不应该从基尔布停尸房回来，在铁手旅馆吃匈牙利炖肉时讲他在那里的经历，反过来说，正因为他毫无顾忌的讲述，以及他的实话实说，使我对他由衷钦佩，我想，他也只能对我，而非对来自维也纳的任何一个艺术人以这种方式讲述这样的经历。仅仅"塑料袋"这个词就

96

让我反胃，不要说，他还详细地描述了停尸房中为尸体换装的过程。正是这样一位非艺术人才能够，我想，完全没有忌讳地讲述这样一幕瘆人的情景，同时又确实不显得不得体，因为这位生活伴侣做如上所述不会不得体，而另外什么人，即使这个人说的和描述的与他说的和描述的相同，也是不得体的，我想，如果是我来讲、来描述也是不得体的，是卑鄙的和无耻的，即使是同样的讲述，同乔安娜的生活伴侣讲得一模一样。这个约翰在整个葬礼期间，一直沉默不语，而其他那些人，至少某些时候总是窃窃私语，我想。他作为第一个人走到敞开的墓穴旁，接过神父侍从递过来的铁锹铲了一小撮土，扔到已放进墓穴里的棺材上，周围的人都感到有点儿异常，虽然可能没有谁能说出为什么，其实也没有什么大惊小怪的，那个弗里茨，乔安娜的第一任丈夫，壁毯艺术家，不能出席葬礼，而乔安娜，种种迹象表明，的确也再没有什么亲人了，约翰的行为应该是合乎逻辑的。乔安娜的生活伴侣站在乔安娜墓穴旁的样子，既令人厌恶，又让人感动，旁观者无不感到难以接受，我本人其实也很反感，当然我不会说出来，也不会哪怕显露出来一丝一毫，关于他，我心里已经早有评价，一个好人，看到他站在墓穴旁时，我就对自己说，他是一个好人，我不知道是怎样得出这个评价，怎样得出其实无所谓。还站在敞开的墓穴旁，奥尔斯贝格尔太太就问我，是否想同他们一起乘车回维也纳，我不假任何思索就一口拒绝，肆无忌惮的做法会使任何当事人都受到伤害。我的回答就一个字：不。从维也纳来的人，绝大部分都走进铁手旅馆，围坐在长条桌旁，奥尔斯贝格尔夫妇简直可以说是迫使我也坐在桌旁，他们当着大家的面跟我说话的口气使我只好与他们一起坐到桌旁，其实我多么愿意坐到另一张桌旁，那里坐着的有乔安娜的生活伴侣，还有杂货店老板，以及乔安娜童年时期的几个基尔布朋友。奥尔斯贝格尔夫妇以他们那特有的方式，强迫我在他们那张桌子旁就座，在整个葬礼期间，就一直害怕葬礼结束后在基尔布哪怕只是片刻与他们聚在一起。我已经接受了他们的邀请，晚上到根茨胡同去参加他们举办的"艺术家晚宴"，这就足够了。我做出的样子，仿佛乔安娜的自杀让我一下子失去了语言能力，在奥尔斯贝格尔夫妇和其他人在葬礼后，如我们之前一样，吃匈牙利炖肉的时间里，一言不发。我吃的是煎酸肠配洋葱，由于烦躁不安，又吃了两个小圆面包，这种吃法我还是头一回。奥尔斯贝格尔夫妇总是在谈他们的"艺术家晚宴"，他们邀请了演员，城堡剧院的演员，不断表示，他们对这位在《野鸭》中扮演悲剧角色的男演员多么满意（奥尔斯贝格尔太太一再这样说）。奥尔斯贝格尔太太一再想说，这名城堡剧院演员在剧中扮演哪个人物，获得如此巨大成功，但是她想说却说不出来人物的名字，直到我替她说出"艾克达尔"，之后她多次歇斯底里地在餐厅里大喊大叫"艾克达尔"这个名字，那情景颇让人感到局促不安。她一再扯着嗓子喊叫，艾克达尔、艾克达尔、艾克达尔，没错，艾克达尔，直至奥尔斯贝格尔先生对她说，别嚷了，安静些吧。已经变得矮胖的奥尔斯贝格尔先生在这一天当然也喝得醉醺醺的，就是以这种状态参加了乔安娜的葬礼，我坐在带头靠的沙发椅上想，自从我认识他，他几乎总是醉醺醺的状态，就这样，他依然还活着，可以说是个奇迹；一年去两次卡尔克斯堡戒酒所，我想，看起来效果不错，让他保住了生命。他还像二十年前那样，脸部浮肿，几乎没有皱纹，典型的酒徒那种没有表情的灰色面孔，眼睛总是发青呆滞，我想。艾克达尔，艾克达尔，奥尔斯贝格尔太太多次叫喊，铁手旅馆的餐厅里没有人知道，她为什么这般叫嚷。由于我总觉得奥尔斯贝格尔太太的叫嚷特别讨厌，于是我完全不怀好意地问她，城堡剧院演员演的是哪一个艾克达尔？她听了反问我，是啊，哪一个？我接着又问，是老艾克达尔还是小艾克达尔？她有一会儿没有言语，大家都朝她望着，她显然觉得被我以卑劣的方式（这个我承认）所愚弄，她并没有抬眼看我，管自边继续吃饭边说，老艾克达尔。奥尔斯贝格尔太太现在恨死我了，我坐在带头靠的沙发椅上想。她心里可能在说，我恨不能扇他耳光，她的丈夫，不一会儿，给人的印象已经是喝得烂醉，突然把菜盘子推到饭桌中间，朝厨房门大喊，给我们吃这样糟糕的东西！声音透着暴发户那种不可一世的卑劣腔调。而这道菜，正是我葬礼之前在这里吃的，我认为味道上乘，是基尔布旅馆餐厅的招牌菜，所有还在吃着这道菜的人都与我同感，与奥尔斯贝格尔先生的观点相左。这位奥尔斯贝格尔先生自我认识他以来，总是对所有餐馆的所有菜品吹毛求疵，横加挑剔，即使是名品佳肴也难幸免；对待这样一家经营得很好的、据我所知一向是基尔布的一流餐厅，采取如此粗俗的方式贬低，这种做法至少也是失当和无理的，我坐在带头靠的沙发椅上想，奥尔斯贝格尔先生，自从他与奥尔斯贝格尔太太结婚后，故意让后者目睹他在所有餐馆饭店这种无视文明礼仪的举动。他朝厨房门大叫给我们吃这样糟糕的东西之后便仰靠在椅子上，向他太太伸出舌头。奥尔斯贝格尔太太与奥尔斯贝格尔先生长期生活在一起对他诸如此类的无聊行为已经习惯了，看到他伸出舌头也并不感到吃惊。她埋头吃饭，想赶快把她丈夫大张旗鼓贬低的饭菜吃完。她吃饭的姿态不能说不文雅，但也谈不上很讲究，可是她的丈夫，我们的奥尔斯贝格尔先生的吃相，总是很滑稽可笑，我坐在带头靠的沙发椅上想。这个暴发户企图效法贵族的进餐礼仪，使用起刀叉勺匙总是不伦不类。我坐在带头靠的沙发椅上想，他进食时的装模作样真是太可笑了，其实，他所做的一切，随着时间的推移，都越来越可笑，因为他越是想不断地努力，刻意让自己在餐桌上举止文雅，试图让自己成为一位行为得体的人士，将自己通过观察从他人身上所学到的应用到自己身上，无论是做什么，到头来，使他的行为举止不仅变得越来越怪诞、可笑，而且越来越令人厌恶，我坐在带头靠的沙发椅上想。他朝厨房门大喊给我们吃这样糟糕的东西，然后仰靠在椅子上，朝他太太伸舌头，在片刻的静默之后他突然说，我根本就不喜欢斯特林堡[1]，说完他环顾四周。我跳了起来，示威性地坐到约翰和杂货店老板坐的桌旁。不，我在跳起来时就想到，不能再与餐桌旁的这伙人为伍了。当我已经坐到乔安娜的生活伴侣和杂货店老板身旁时，我听到奥尔斯贝格尔太太说，《野鸭》是易卜生的作品。之后，我完全无视艺术人那一桌的存在，为自己要了一杯啤酒。我打算从被称为约翰的那个人嘴里继续了解更多的事情，不仅仅关于他在基尔布停尸房的经历，

1　奥古斯特·斯特林堡（August Strindberg, 1849—1912），瑞典著名戏剧家，他的自然主义和表现主义戏剧对欧洲影响很大。

而是与乔安娜有关的一切，杂货店老板同样渴望从约翰那里得知他与乔安娜一起生活的真实情况。乔安娜的生活伴侣是在乔安娜位于西默林大街的住宅里认识她的。六十年代中期，她将这个住宅布置成她的艺术活动场所，称之为"舞台动作工作室"。约翰的一个女友曾较长时间在这里上课，有一天，女友带着约翰一起来到这里。为了让他看看这个乔安娜如何干练，具有怎样的艺术天禀，约翰这样讲述道，我坐在带头靠的沙发椅上想。他之后又接二连三地与其女友到这里来，越来越频繁，最后他单独到这里来。女友不与他一起来了，他因为乔安娜突然与女友分手了。他讲述道，他到这里来不是跟乔安娜学习舞台动作，他是在乔安娜这里找到了支撑点，他说，反过来，乔安娜也在他那里找到了自己的需求。实质上，他并不把乔安娜口中的舞台动作工作室放在眼里，他和女友来到这里伊始就相信，成立这个舞台动作工作室，只是表现乔安娜维持自己状态的一种可能性，如他所说，而且只是精神上的，经济方面的保障只靠经营舞台动作工作室是办不到的，到她这里来学习的，大体上都是些没有多少财力的人，比如刚开始表演生涯的年轻人，还有那些一向平庸的舞台演员，五六十岁了，仍然相信在表演上还能有质的变化，当然只能是一厢情愿，是绝对不可能实现的梦想。最终，约翰在与乔安娜多次上床之后，租住到这里。约翰实际上叫弗里德里希，这名字让乔安娜嫌恶，她从一开始就不叫他弗里德里希，而是约翰，从此大家都叫他约翰。他出生在施瓦察赫的圣法伊特，是我非常熟悉的萨尔茨堡一处铁路交通枢纽，他父亲如好多其他人一样是铁路员工。他在圣约翰读普通中学，后来在萨尔茨堡进入中等技术学校，二十三岁来到维也纳寻求发展。他曾在西维林的电影协会工作过，在那里与他前女友相识，通过她认识了乔安娜，我坐在带头靠的沙发椅上想。开始时，他谎称对乔安娜的舞台动作教学有兴趣，其实他一点儿都没有兴趣，为了证明他对舞台动作教学很感兴趣，他讲述道，他和女友练习了几次舞台动作，但终于还是放弃了，不久他就向乔安娜坦白了，他的兴趣在乔安娜身上而非乔安娜的舞台动作教学。乔安娜并没有失望，他说，我坐在带头靠的沙发椅上想。乔安娜的确靠工作室挣不到钱，已经把她拥有的一切值钱的东西都卖掉了，她同时也得不到壁毯艺术家的任何支持，她与他断了联系，听不到任何关于他的消息，她甚至不知道他到底是否还在墨西哥，还是在别的什么地方，是否还与他带到墨西哥的那个她的女友在一起，乔安娜总是对约翰讲，壁毯艺术家把她的女友骗去了墨西哥，他讲述道，最后，约翰承担了乔安娜的一切开销。他迁到西默林大街后，乔安娜的工作室持续了两年，最终，按照约翰的决断，结束了这项只能给他们带来不幸、争吵和不睦的工作。他还想让乔安娜戒酒，先后七次送她进卡尔克斯堡戒酒所，都无济于事，每次乔安娜从卡尔克斯堡回来立刻又喝个不停，直至酩酊大醉。约翰讲述道，但是他并没有因此放弃她。他的确很爱她，他如是说，我坐在带头靠的沙发椅上想，同时朝音乐室望过去，他愿意成为她忠实的生活伴侣，这个不幸的孩子，他在铁手旅馆里如是说。乔安娜一直是一个不幸的孩子，他说，我坐在带头靠的沙发椅上想，约翰多次重复了这句话。可是我不这么认为，我认识乔安娜时，她还是一个很幸福的人，至少五十年代还是这样，我想，直至六十年代中期都是这样，无论如何，一直到她被弗里茨，那名壁毯艺术家丢下不管。在这个时候，不幸降到了她的头上，我想。但是约翰很可能只了解乔安娜不幸的这段时光，他想帮助乔安娜改变现状，但没有成功，我想。我是想让她幸福，他多次重复道，但是终究没有如愿以偿。他的话语体现出他心中深深的无奈，我坐在带头靠的沙发椅上想。乔安娜经常回基尔布，不总是与她的生活伴侣一起，大多数情况下，是一个人回到父母家，然后又失望地返回维也纳。他先是小心翼翼地，然后坚定不移地帮助她，约翰讲述道。我想。最终他明白了乔安娜不可救药。她在自杀那天晚上返回基尔布，一如既往地与他告别，并没有什么异常，他说，清晨六点钟，杂货店老板就打电话给他，直截了当地告诉他说，乔安娜上吊自杀了，她立刻如实相告，没有吞吞吐吐，与通知我时说的不一样，她是在我追问后才说明情况的。杂货店老板在电话里立刻就告诉约翰，乔安娜自杀了，上吊自杀了，对我不是这样。我坐在带头靠的沙发椅上考虑了很长时间，为什么会有这样的区别？与我相比，杂货店老板对约翰更熟悉，我当时与约翰和老板一起在铁手旅馆餐厅吃饭时想，现在我坐在带头靠的沙发椅上想，她立刻就把心里的话对他讲，怎么想就怎么说，跟我不是这样，跟我讲话有意慢条斯理，转弯抹角，像乡下人与城里人、没有文化的人与有文化的人讲话那样，像他们以为的低等人与所谓高等人讲话那样。他听到这个消息，并不感到吃惊，约翰在饭桌上对老板说。他们之间谈话的情形，如我所见，想必他们已经较长时间保持密切的关系了，我坐在带头靠的沙发椅上想。他穿上冬大衣，背上他的黑色挎包，就乘车到基尔布了，接着发生的一切都让人不快，他说。如果说在基尔布葬礼这一天，有谁的确是衷心地悼念乔安娜，为她的自杀感到震惊，那么这个人就是约翰，我想，他不是我之前所想的那么一个委顿的人；深入的观察让我发现他有许多长处，以至于不久，我认为，虽然乔安娜到头来还是自杀了，但约翰的出现，使当时处在极其痛苦情况中的乔安娜遇到了拯救者和庇护者，她可以相信和依靠他，不管怎么说，我想，他们在一起生活了七八年，如果没有这位我称之为"拯救者和庇护者"的约翰存在，可能乔安娜在许多年之前就自杀了，我坐在带头靠的沙发椅上想。乔安娜到维也纳，是要在专业上有非同寻常的建树的，约翰说，我坐在带头靠的沙发椅上想，但她从未与基尔布完全分离，至于之前她是怎么与弗里茨，那个壁毯艺术家，走到一起的，我已经记不得了，我认识她的时候，她已经和弗里茨结婚许多年了，我当时总以为他们很幸福，我每次到塞巴斯蒂安广场去看望她时，给我的印象就是这样。我当时有一段时间的确把那里当成自己的家了，在他们那个相当大的工作室，基本上可以做我想做的任何事情。弗里茨和他的妻子乔安娜，原名埃尔弗里德，他们的工作室当时在维也纳是一处"艺术家沙龙"，我觉得这里戏剧艺术和造型艺术非常理想地联姻，总之，艺术，或者至少我当时理解的艺术，在这里有一个活动中心。五十年代中期，在塞巴斯蒂安广场的艺术工作室，我认识了可以说几乎所有重要的、健在的艺术家和学者，伪艺术家和伪学者，虽然当时还不一定是著名的，但的确是知名的，并且随着时间的推移，作为在其身边正步入作家行列的我，也感到自己是这样的艺术家。我的住处在第十八区努斯多夫街，睡醒觉，约下午五点钟到第三区塞巴斯蒂安广场，我的艺术殿堂，经常次日约凌晨三点才离开。这里房间六七米高，放着弗里茨的一些编织机，他带着两三名女工在织壁毯，就是这些编织机的产品，当时已经闻名全欧洲，至少为专家们所追捧。弗里茨自己曾说过，他这个本来画油画的成了壁毯艺术家纯属偶然。他给人的印象是一个安静的人，他不到处兜售他的理智，总是把工作计划得很精确，这是涉及他生存的重要原则，自我认识他以来，没有什么事和什么人能干扰他的八小时工作日，我坐在带头靠的沙发椅上想。他嘴角总叼着个英国烟斗，即使他与别人谈话，也不拿下来。他工作时不愿意与人谈话，但他还是如上面所说的，很平静地应付。即使气温很低，嘴里也还叼着这个英国烟斗。他的兄弟是维也纳颇有声望的建筑师，在郊区设计建造了大型民居楼房，弗里茨总称他兄弟为"天才的城市破坏者"。弗里茨出生于一个很富有的家庭，城里有房产，乡下有别墅，而且是在环境优美的巴登葡萄种植区，但弗里茨绝对是一个谦虚的人，至少在他出走墨西哥之前给人的印象是这样。在塞巴斯蒂安广场他的工作室进进出出的，不仅有艺术家，还有各种各样的所谓重要人物，乔安娜发现了他们，邀请他们到塞巴斯蒂安广场来，一方面是满足她病态的社交需求，另一方面是为了宣传她丈夫的壁毯艺术作品，使其广为人知，使其更有名气、更昂贵。经常还有报刊评论人、政界人士来到塞巴斯蒂安广场，我作为一个青年人，一个渴望见识世界的青年人，我今天想，乔安娜和弗里茨的工作室给我提供了再好不过的机会，对我的发展十分必要。那里对于我是个理想的地方，使我能以点带面地深入了解和认识城里人，因为那里可以说就是整个城市的缩影，对于一个想成为艺术家，尤其是作家的人，毫无疑问，到那里是不可或缺的经历。我当时正全力以赴，跟着感觉朝着这个方向走，可以直截了当地说，在塞巴斯蒂安广场乔安娜和弗里茨工作室的日子，奠定了我日后发展的基础。我立志朝着精神层面发展，这在当时，即五十年代初，如前所述，已经一劳永逸地确定了下来。乔安娜是个很有魅力的女人，维也纳周边美女那种特有的魅力，并且有着与其奋斗目标相符合的理想品位，维也纳的艺术家、学者以及政界人士被她深深吸引就不奇怪了。她的服饰虽然不是自己缝制的，但是她自己设计的。在工作室接待客人，有时她穿着印度式长连衣裙，有时是埃及风格的长连衣裙，或者西班牙和罗马的款式。在这些聚会上，她总是很活泼开朗，言谈中透露出她那特有的聪颖和智慧，让人着迷，体现着维也纳艺术家的气质，这当然让来到塞巴斯蒂安广场的客人都感到惬意。经过奥尔斯贝格尔先生的介绍，我来到乔安娜和弗里茨的工作室，两三次接触之后，我就得到乔安娜的青睐，成为她特别待见的固定客人。那个时候维也纳没有什么地方比塞巴斯蒂安广场更吸引我，我喜欢这里的工作室。喜欢这个壁毯艺术家和乔安娜。这之前我从未见识过这样的工作室，没有见识过这样大型的艺术展示场所。这里的一切都让我神往，在许多年里，它是我的维也纳中心，在塞巴斯蒂安广场逐渐形成了我的艺术观念，认识了艺术家、天才，以及那些无论如何都要向这方面发展、想成为这样大师的人。通过我在塞巴斯蒂安广场对乔安娜的观察，能够看到，社交圈子如何出现和发展，人们如何拥有这样的社交圈，怎样培育、发展和适应它，最终滥用它，利用它获得利益。我在塞巴斯蒂安广场，简而言之，研究了这个社交圈子，这个艺术社交圈子，这伙艺术人，把他们了解得清清楚楚。在塞巴斯蒂安广场，我第一次正确地认识到艺术家是什么，他们是怎样的人，他们怎样成为艺术家，他们不是什么，不可能是什么。在塞巴斯蒂安广场，我可以完全不受干扰地研究他们，最大限度、集中精力去研究，这种情况在后来再也没有出现过，我当时显示出一种最大限度的认知能力、接受能力，说明我在当时是一个最具接受能力、最能集中精力的人，可以这样说，我在塞巴斯蒂安广场才对人有了进一步的认识，之前我也认识他们，而且较之于我的同类，认识得更为深刻，但是在塞巴斯蒂安广场，我才真正地认识了他们，我有意识地揣摩和研究了各种各样的人。在塞巴斯蒂安广场，我开始将我打量和观察人的方法上升为特有的技艺，并使其成为习惯，一生一世陪伴着我。在塞巴斯蒂安广场，我不仅学会对人和人的群体的钦佩，而且也学会了对人和人的群体的轻蔑，我想，使我对这些人，或者对所有的人，心中感到狂喜，同时也徒生厌恶。我在塞巴斯蒂安广场首次观察到了艺术家的，或者推而广之，所有人的权势和无助，我想，仿佛我在塞巴斯蒂安广场，能够把至今覆盖在所谓艺术人群体的那种无法穿透的迷雾揭开。无论是这之前或者这之后，我都不曾像在塞巴斯蒂安广场那样，几乎每天、每个夜晚见到那么多艺术人，所有这些艺术人，可能绝大部分都被我称为"伪艺术人"，如我今天所想，他们天天进出塞巴斯蒂安广场，我那时天天待在那里。大部分时间欣赏着坐在那里专注、执着地加工壁毯的弗里茨，热烈地爱着在维也纳最大的艺术工作室梦想名声远扬的乔安娜。今天每逢在报纸上读到一位杰出或者著名的人物的名字，几乎毫无疑问，这个人我早在塞巴斯蒂安广场就认识了。乔安娜的那些在莱茵哈德戏剧学院学习的同学，早就埋没在维也纳众多大大小小的剧场里。埃尔弗里德·斯卢卡尔在某一天，她自以为是非常幸运的一天，更名为乔安娜，成为壁毯艺术家弗里茨的妻子。许多年里，她的那些同学辛辛苦苦地忙碌在像样的和不像样的剧院里，在舞台上，用不可救药的、浅薄和无助的戏文，费心耗神地为那些贪得无厌追求娱乐的病态观众装傻充愣，我想，与此同时，乔安娜可能已经放弃了自己在事业上的追求，全心全意地帮助她的壁毯艺术家实现其理想。她的全部才华，不仅只是艺术家的禀赋，而且如上所述，还有与生俱来的社交才干，都奉献给了她崇拜的弗里茨，并且从一开始就取得了成功。没有乔安娜，弗里茨永远不会，如上所述，获得今天他所拥有的"世界闻名的壁毯艺术家"的声望，他也肯定不会因为作品《山脉的联想》获得圣保罗大奖。总而言之，没有乔安娜，他如今就不会有时在报刊上，得意扬扬地以"代表国家的教授"自居。乔安娜为了弗里茨放弃了自己，我想，她从未心甘情愿地接受这个事实，只是把无奈深深地埋在心里，导致她一辈子都不得不生活在绝望中，她默默地忍受着，从不外露，我想，这种状态最终毁了她，尽管已经是八九年之后，在她与弗里茨分手之后，这个不幸的女人，只能在商务代理约翰的身边寻找慰藉。她让弗里茨成为原本她自己想成为的人，受人尊敬的、有名望的，甚至蜚声世界的艺术家，而她自己只能望洋兴叹。她迫使弗里茨登上高峰，因为她无法迫使自己登上高峰，弗里茨的确适合这样的发展，而她不行。当她认识到她不适合走这样的道路，不会成为大师走向世界，她就迫使弗里茨走上这条道路，给他穿上约束衫，戴上紧箍儿，但是她只能在一段时间里感到满足，而不是永远。弗里茨如果没有乔安娜，他只能停留在他本来的水平上，一个和蔼可笑的、叼着烟斗的画匠和壁毯编织师，一个平易近人的人，心满意足地做他的事情，上床前，单独一个人或两个人，喝上一杯葡萄酒。是乔安娜使他惊醒，走出了自鸣得意的平庸状态，让他先是对艺术感到兴趣，然后在艺术修养和实践上羽翼丰满。在欧洲所有著名的博物馆里，在所有大工业康采恩、保险公司和银行的经理办公室的墙上，都悬挂着弗里茨的壁毯作品。这种盛况，长此以往却无法让乔安娜感到满足；弗里茨的名字和艺术作品越卓著、越广为流传，她作为这一奇迹的成就者就越是沮丧。弗里茨攀上高峰之时，当然也是乔安娜跌入低谷之际，但是，哪怕她感到再沮丧，也无法改变其初衷，无法停止让弗里茨的事业更进一步的努力，无法放弃更完美的追求，因此，她仍然竭力将她的艺术作品弗里茨推向更高，不遗余力地推向更高，而她自己在内心深处早就在憎恨这部作品。在这个过程中，即她迫使她的艺术作品弗里茨不停顿地向上攀登，同时她把自己压迫得越来越低下，我想，结果她把自己毁灭了。乔安娜创造了弗里茨这部艺术作品，并在某种程度上使其达到了出乎意料的、完美的地步，这部鸿篇巨制的力量反过来使乔安娜感到窒息，我想，她对自己打造的这部艺术作品深感不安，同时，仔细去观察，她对她深爱的弗里茨也感到内疚，她自身没有能够做到的，即成为了不起的所谓大艺术家，这个愿望她在弗里茨身上实现了，当这一切成为事实呈现在她眼前，她目睹自己造物产生的震惊夺走了她的性命，我想。如果我们自己不能让自己成为我们想要的自己，她想，那就去把另一个人，必要时把我们最亲密的人，造就成我们自己无法成为的那样的人，很可能，乔安娜就是这样想的，于是就把弗里茨变成了这样一个庞然大物，最终被其毁掉了自己，我想。每一个了解弗里茨的人都觉得不可设想，这样一个人怎么会成为如此杰出甚至闻名遐迩的艺术家呢，他的作品如何能蜚声世界呢，因为无论他的外在还是内在各种条件，都无法让人与他所获得的成就和名声联系起来。显然，谁也无法想象，乔安娜硬是把一个平庸的人，弄成一位杰出的国际级大艺术家，我想，这是她不管不顾、一门心思、偏强奋斗的结果。乔安娜使弗里茨成为今天受人尊敬的国际艺术大师，我想，这是因为乔安娜疯狂地把她自己所排斥的一切注入到了弗里茨的心中：无法限制的、永不满足的对荣誉的追求。弗里茨是乔安娜的作品，我可以直言不讳地这样说，我还可以进一步说，弗里茨的艺术，弗里茨的艺术作品，所有在世界各地著名博物馆里悬挂着的弗里茨的壁毯，实际上是乔安娜的作品，今天弗里茨所成就的一切，都来自乔安娜，我们所认识的乔安娜。诚然，我的这个观点是不会为人重视的，我想，尽管如我所知，总是只有这样一些不被重视的观点，是严肃的、应受到重视的观点。我们其实总是用这种不被认真对待的、严肃的观点来思考，才能生活下去，我想。我在这个群体里寻找什么呢？已经有二十年不与他们打交道了，已经有二十年不想与他们往来了，他们走他们的路，我走我自己的路，我坐在带头靠的沙发椅上对自己说。我到根茨胡同来寻找什么？我问自己。我在格拉本大街上，一时间多愁善感起来，我怎么可以忽然让这种可恶的情绪左右自己呢？我在格拉本大街上产生了瞬间的动摇，让自己的表现卑劣不堪，接受了我多年轻蔑、憎恨的奥尔斯贝格尔夫妇的邀请，我坐在带头靠的沙发椅上对自己说。我们瞬间变得，或者说以极其令人作呕的方式把自己弄得多愁善感，我坐在带头靠的沙发椅上对自己说，做了无与伦比的蠢事，去到我们永远不应该去的地方，去与我们蔑视和憎恨的人聚会，我坐在带头靠的沙发椅上想，我的确走进了根茨胡同，这不仅是愚蠢，而且是地地道道的卑鄙无耻。我们软弱了，动摇了，走进了陷阱，走到了这伙人中间，我坐在带头靠的沙发椅上想，现在根茨胡同的这个寓所，对我来说就是不折不扣的陷阱，我来这里就是进入了陷阱。因为对于我，毫无疑问奥尔斯贝格尔夫妇心里只有恨，如此对待我的，还有待在音乐室里等待城堡剧院演员的那些人，他们如此污染音乐室里的空气，我坐在这里都受到了牵连。他们等待着那个演员，奥尔斯贝格尔太太乐此不疲地一遍又一遍地说，主演的《野鸭》大获成功。我坐在带头靠的沙发椅上想。他们这么长时间等待这个城堡剧院演员，他们从不会这么长时间等待我，我想。这个城堡剧院演员的出现，我想，将是他们晚宴的高潮，这个自高自大的、戏剧舞台上的蠢货！就因为这么个令人厌恶的家伙，这些人竟然已经等待了两个小时，空着肚子，奥尔斯贝格尔太太总是把这样的晚上聚餐称为"艺术家晚宴"，因为她实际上，我坐在带头靠的沙发椅上想，总是把她家的晚餐一概称为"艺术家晚宴"，而在我的记忆中，他们家晚上的聚餐会无一不令人反感和厌恶，无论是在玛丽亚-扎尔，还是在根茨胡同，在奥尔斯贝格尔夫妇家里，大体上可以说，晚餐会都让人乘兴而来，扫兴而归。他们总想要办得不同凡响，也总坚信他们家举办的晚餐会每次都堪称不同凡响的晚宴，用奥地利方言更贴切，不同凡响的夜餐，可实际上，那夜餐总是令人不堪入目、滑稽可笑、的确让人没有胃口，我坐在带头靠的沙发椅上想。他们总是想要做得很讲究，结果总是很糟糕，如我现在坐在带头靠的沙发椅上的回忆，他们总是打算得挺美，结果事与愿违，一塌糊涂。总设想端上餐桌的是最上等的饭菜，而实际上是些上不得台盘的东西，我想，说到晚餐会他们总是信誓旦旦要拿出上佳的菜肴，可实际上只是些庸常的吃食，让人羞于启齿的东西。说到底，他们的夜餐与他们所标榜的毫不相符，他们的饭菜和佳肴那是风马牛不相及，经常充其量不过是可以下咽而已。酒水不但从未够得上佳酿，甚至难以入口，质量太差，不是太甜，就是太酸，不是太暖，就是太凉，我坐在带头靠的沙发椅上回忆着，奥尔斯贝格尔夫妇作为主人，总是晚餐一开始就吵起架来，就不由自主地相互挑衅，刚喝上一两口酒，吃上一两口菜，就让客人卷入到他们之间的口角当中，毫不顾忌客人的感受，不管他们愿意与否，就将他们那乱糟糟的夫妻矛盾劈头盖脸地摊在客人面前。如果他们相互诋毁还嫌不够，就会把他们对彼此的满腹牢骚发泄出来，作为那大致总是不丰盛的餐桌的增补和填充，最终用他们低俗的夫妻口角、粗野的相互斥责和怨恨，把客人赶走。无论在玛丽亚-扎尔还是在根茨胡同，我记得没有哪次聚餐不是因为如上所述他们夫妻间爆发的大战而告终，所有的晚餐会，尤其是所谓夜宴，最终总是一场火气冲天的大爆炸，在根茨胡同的爆炸总是毁掉一切，在玛丽亚-扎尔多半只留下断垣残壁，满地瓦砾，还有让人无法忍受的婚姻烧焦的味道，我坐在带头靠的沙发椅上想，同时朝音乐室望着。奥尔斯贝格尔夫妇显然意识到，他们的出身和社会地位低下，奥尔斯贝格尔太太的祖上，大体上可以认为属于施蒂利亚山区贵族家族，她本人并非这个可笑的山区家族的正宗后代；奥尔斯贝格尔先生的母亲是费尔德巴赫一家肉铺伙计的女儿，他的父亲是一个小镇职员。鉴于这种情况，奥尔斯贝格尔夫妇心里有一种异乎寻常的冲动，必须设法提高他们的社会地位，为此，他们要不遗余力地去争取，目光锐利的人随时可以从他们身上看出，我坐在带头靠的沙发椅上想，奥尔斯贝格尔太太一辈子无时无刻不在想摆脱施蒂利亚乡村贵族的家庭出身，奥尔斯贝格尔先生想摆脱的是父亲那乡镇小职员的平庸，以及母亲作为肉铺小伙计的女儿那种小市民的粗俗，他们俩这种扭曲的心理和作为，让周围那些思考和观察的人们感到特别可笑。奥尔斯贝格尔太太一向试图改变她那我称之为田园贵族家庭的出身，其实这种出身较之其他种种高贵出身，虽然令人厌恶，却也会让人感到几分亲切。她想往上爬，至少要攀上乡村贵族中的男爵或者伯爵级别才行，在我认识她的几十年来，她一直朝这个方向努力，但都徒劳一场，每逢她认为其愿望至少已经触手可及时，就遭到她迫不及待渴望靠近的相关男爵或者伯爵冷酷而残暴的拒斥，以至于长时间持之以恒的努力总是，据我所知，以痛苦的失败告终。为实现出身、社会地位再向上提升的一切努力，哪怕不必是一生一世，而只是能在一段时间里享受出身的荣耀，也总是徒劳，我坐在带头靠的沙发椅上想，她的服饰没有帮上什么忙，我想，她的丈夫奥尔斯贝格尔先生，无论穿着上怎样讲究，怎样往贵族方面靠拢，也没有起任何作用，这位朝思暮想上升为贵族，长期以来一直努力，据我所知，哪怕是成为呆钝的贵族，也胜过一名好的作曲家，他的确这样想，最后，失败得更难堪，更失尊严。自我认识奥尔斯贝格尔先生以来，他的衣着总是仿照施蒂利亚伯爵的服饰，当然少不了左手戴上一枚奢华的印章戒指，多么可笑的现象，不是通常人们所说的没有品位、附庸风雅，而是十足的滑稽可笑。奥尔斯贝格尔先生并不愚笨，我坐在带头靠的沙发椅上想，恰恰相反，但是唯一在这件事情上，将成为真正的贵族或者至少有伯爵的头衔作为唯一的目标，他永远是那些不遗余力追求虚名浮利的人中最愚蠢者，我坐在带头靠的沙发椅上想。他在基尔布铁手旅馆餐厅大喊给我们吃这样糟糕的东西，我现在想，在大家面前把自己弄得既可笑，又卑劣，他在我面前的可笑又可悲的表现何止成百上千啊。每逢他仰头噘起小嘴巴，对饭菜、酒水宣判死刑，或者对诸如此类无关紧要的事物无端挑剔，给人的印象绝非诙谐和风趣，恰恰相反，是地道的愚蠢和无聊。最让人感到莫名其妙的，是他篡改自己的姓氏，我坐在带头靠的沙发椅上想，他正式的姓是奥尔斯贝格尔，我一直认为他就是姓奥尔斯贝格尔，突然，他对名誉地位的痴迷妄想发作，不说自己姓奥尔斯贝格尔，而是奥尔斯贝格。事情是这样的，当他在根茨胡同与那位后来成为他夫人的乡村贵族后裔见面时，据我所知，当时她只不过是他的房东，他把自己姓氏的小尾巴去掉了，从那时起，他就不姓奥尔斯贝格尔，而是奥尔斯贝格了，以此至少能沾上奥地利百年贵族家世的一点儿味道。如果用"令人厌恶"还不足以称谓这种阉割姓氏的做法，那么，想必人们可以不管一切必要的游戏规则，而至少可以称其可怜，我坐在带头靠的沙发椅上想。奥尔斯贝格尔先生在基尔布的表现与我五十年代对他的认识毫无二致。他经过这么多年没有一丝改变，我坐在带头靠的沙发椅上想。两三杯酒下肚，他就在所有在铁手旅馆餐厅就座的人面前，扮演起小丑的角色，让他那幼稚的奥尔斯贝格尔马戏团开场，我想，他立即意识到自己的中心人物地位，使所有其他人立刻如人们常说的那样相形见绌。我则于他在铁手旅馆餐厅说给我们吃这样糟糕的东西的那个时刻，坐到约翰和杂货店老板坐的桌子旁，两位奥尔斯贝格尔各以不同的方式让我无法忍受，看都不想再看他们。瞥见他们那乏味的衣饰，女的穿着施蒂利亚蓝色印花少女服，男的则身穿施蒂利亚宽大的亚麻布短上衣，我就头晕，就立刻明白，这两位在我与其分别的这么长时间里依然故我，尤其是世界上发生了这么巨大变化的近二十年，在这两位奥尔斯贝格尔身上竟没有留下任何痕迹，这两位奥尔斯贝格尔坐在铁手旅馆餐厅里，虽然如此可怜和令人厌恶，但仍然像磁石一样将他们昔日的那些朋友吸引在自己的周围，我坐在带头靠的沙发椅上想。尽管他们很可笑、很卑劣，仍然将二三十年前的那帮人、五十年代的那些人聚拢在自己身边。仿佛在这期间没有发生任何变化，奥尔斯贝格尔夫妇仍然是那些艺术人的中心。那些人二十多年来一直鞍前马后地跟随着这对夫妇，为什么会这样？我坐在带头靠的沙发椅上想，找不到任何答案，这个现象让我百思不得其解。奥尔斯贝格尔夫妇从来没有正式的、有报酬的工作，仍然能生活得优哉游哉，我想，他们继承的财富真可谓取之不尽，他们结婚超过三十五年了，不仅仍然衣食无忧，而且生活得十分滋润和阔绰。奥尔斯贝格尔先生不过就是禀赋不俗，我坐在带头靠的沙发椅上想，对音乐有不寻常的悟性，我想，语言方面也天资聪颖，尽管他的言谈经常近乎疯癫，然而，正是因此显现出非同寻常的机敏和智慧，但这些才华放在他这样一个人身上却分文不值，是的，他在结婚前曾有几年在音乐学院任教，挣的薪水也无非相当于一个小职员。而奥尔斯贝格尔太太，婚前姓冯·赖尔，我一向推测她的家境殷实，现在我知道，她的家庭的确富有。其财源追溯起来，部分要归功于她的父亲，他在两次世界大战之间，在玛丽亚-扎尔一带，以白菜价购置了大批地产，其中就有那幢所谓体面的、比较高大的建筑物，有长达五百年历史，曾经是萨尔茨堡审理监护事宜的法庭。每逢他们在根茨胡同感到闷热，房子里有霉味儿，他们就到那里，整个夏天在那里避暑，就像所有富有的维也纳人，七月底到乡村消夏，不同的是，奥尔斯贝格尔夫妇五月底就离开维也纳。奥尔斯贝格尔太太家的这些地产都在玛丽亚-扎尔，这个地方曾经是施蒂利亚最美的地段之一，尤其是这里的圣地教堂，国人都尊敬地称其为"大教堂"，兼有浪漫主义和哥特风格的建筑佳作。奥尔斯贝格尔夫妇依靠这些房产过着优渥的生活，几乎已超过三十五年。我坐在带头靠的沙发椅上想，他们夫妇的一个叔叔，或者舅舅，是施蒂利亚著名律师，他将这些地产分成小块儿销售，直至今天。这些地块卖出之后，玛丽亚-扎尔这个地方的命运着实让人痛惜，我坐在带头靠的沙发椅上想。二十年前，还是美丽的草地和牧场，现如今盖起了十几栋所谓独门独户的房屋，一栋比一栋丑陋，绝大部分是那种预制构件的建筑物，是业主从周围建筑仓库里订购的，清一色的水泥板块，再由一些二把刀的白铁工将含有保温材料的瓦楞形房顶安装在上面。原本是一片郁郁葱葱的树林，或者春天里鲜花盛开、秋天里五颜六色呈现最后辉煌的花园，如今却是单调的混凝土房舍林立，根本不考虑如何与风景协调，更谈不上亲近大自然了。这是追求金钱至上造成的恶果，是普遍的对低俗的混凝土建筑的痴迷，我坐在带头靠的沙发椅上想。每年奥尔斯贝格尔夫妇卖掉一处或几处房产，那些买主便以其粗鄙、低劣的建筑思想，加入毁坏玛丽亚-扎尔的行列，今天这里已经面目皆非了。两三年前，我从意大利返回维也纳，所谓隐姓埋名地来到玛丽亚-扎尔，一路上我不敢相信自己的眼睛，我坐在带头靠的沙发椅上想，仅仅奥尔斯贝格尔夫妇卖掉房产支撑优渥生活这种变态行为，就对玛丽亚-扎尔造成极大的破坏。这对夫妇没有其他收入，因为他们想，没有必要去费心劳神挣钱，依靠出售不动产不就能过得很舒适嘛，于是，一笔交易就破坏了此地的一处自然，据我所见，玛丽亚-扎尔的美丽风光已经荡然无存了，二十年前，这里还是山清水秀，看看今天，奥尔斯贝格尔夫妇的不道德行为已经把这里变成施蒂利亚最丑陋的地方，事实就是这样，我坐在带头靠的沙发椅上想，把施蒂利亚璀璨的宝石毁掉了，这将永远是对他们良知的拷问，我坐在带头靠的沙发椅上想，我忽然认识到，玛丽亚-扎尔这个地方的风景惨遭毁容，不是因为这个地方的建筑业界的小人物，在这个令人厌恶的时代，染上了狂热建造房屋的歇斯底里，人们责备他们，建造的房舍单调乏味，让人看了反胃，曾经是如诗如画般美丽的玛丽亚-扎尔变得毫无个性、丑陋不堪，就像在奥地利随处可见的那样，把那些千篇一律的建筑物直接复制到这里，没有人告诉他们应该怎样设计建造，他们也没有时间思考和从长计议，于是便如法炮制。不是他们，而是处于幕后的奥尔斯贝格尔夫妇，他们委托身为律师的叔叔或者舅舅，年复一年销售他们的房地产，他将要卖掉他们剩下的最后一些，以便让他们毫不分心地继续过着对社会没有任何益处的虚荣生活，我坐在带头靠的沙发椅上想。壁毯设计师弗里茨曾当面说他们是追求虚荣浮名的瘾君子，我坐在带头靠的沙发椅上想，他说得真好，一语中的。奥尔斯贝格尔先生原想成为作曲家，到头来不过是个徒有虚名的模仿者，沉湎于其夫人提供的优越生活里无所作为。我其实很少像在今天晚上这样对奥尔斯贝格尔夫妇感到如此愤怒。乔安娜那样的人自杀了，我坐在带头靠的沙发椅上想，奥尔斯贝格尔夫妇这样的寄生虫，追求虚荣的模仿者，却活着，活着，活着，无聊透顶地打发着岁月，年复一年，毫无建树地消费着社会资源。像乔安娜那样的人，亲手把绳子扣套在自己脖子上，然后被装在塑料袋里，以最简陋的方式被埋在地下。而奥尔斯贝格尔夫妇那一伙人，不知道举办了多少次晚宴，宴请了多少个城堡剧院的演员，他们这样做，只不过是出于内心的空虚和无聊，以及对平淡寂寞的排遣，我坐在带头靠的沙发椅上想。乔安娜那样的人，年复一年节衣缩食，最终自杀。奥尔斯贝格尔夫妇这样的人，毫无用处，娇生惯养，却长命百岁，我想。像乔安娜那样一个人，最终众叛亲离，没有人再理睬她，而像奥尔斯贝格尔夫妇这号人，人们今天像二三十年前一样，聚集在他们的周围。奥尔斯贝格尔夫妇家的晚餐，无非就是一种习惯性的变态行为，我坐在带头靠的沙发椅上想。他们在乡间拥有别墅，对这些城里的无赖艺术人开放，不是出于博爱，当然不是，而是他们闲得不耐烦了，同时，他们打着卑劣自私的算盘，利用这些渴望呼吸乡间新鲜空气的、城里的无赖艺术人，对这帮总是以年轻、单纯的面貌出现在其面前的人，百般奚落、侮辱和腐蚀，就像我过去多年间在他们那里的经历一样。现在音乐室里或坐或站的人，我就称他们为城里的无赖艺术人，还到根茨胡同来对此表示感谢。所有在音乐室里或坐或站的这帮人，包括我自己在内，数年甚至数十年做客奥尔斯贝格尔夫妇家，心甘情愿为这对夫妇所利用，帮助他们排解乡下的无聊和满足他们的纵欲。这些人与他们打交道，几天、几周和几年，竟没有察觉他们被奥尔斯贝格尔夫妇强暴、剥削和利用，奥尔斯贝格尔夫妇邀请他们，就是为了让他们听凭这对夫妇滥用。并非像这对夫妇一向所标榜的那样，出于友谊和爱戴，这实际上是一派胡言，我坐在带头靠的沙发椅上想。他们夫妇邀请我到玛丽亚-扎尔，不是像他们所说的让我在那里舒适地度假，而是把我当成他们婚姻破裂的黏合剂，帮助他们夫妇渡过面临的婚姻危机，当然，他们只字不提这个真实的目的，而是说要给我提供舒适的生活和创作环境，我可以待上几周、几个月，甚至一年或两年，只要我愿意，他们说。他们首次邀请我到玛丽亚-扎尔，不是因为他们发现我处境凄凉潦倒，甚至食不果腹，动了恻隐之心，无私地伸出援手，呵护我，照料我，而是肆无忌惮地引诱我进入他们在玛丽亚-扎尔设下的陷阱，把我当作沙子掺入到他们的夫妇关系当中，为了使他们在某种程度上能忍受他们的婚姻地狱。不是看到我这个营养不良的青年人可怜，需要他们慈悲为怀，而是把我视为冒傻气的萨尔茨堡笨蛋，视为工具，借以拯救他们免受婚姻地狱的水火之灾。我真是太幼稚了，没有立刻识破他们设下的圈套，毫无防备地跳了进去。扮演着萨尔茨堡傻瓜的角色，越来越投入地在他们那可怕的施蒂利亚别墅里沉沦，不能自拔，我坐在带头靠的沙发椅上想。我从莫扎特音乐学院毕业时，裤兜里揣着愤怒地用两手揉成一团的结业证书，我清楚记得，在塞巴斯蒂安广场举行的某个生日聚会上，他们邀请我去玛丽亚-扎尔，我坐在带头靠的沙发椅上想，我当即欣然接受，哪里知道他们是邀请我进入他们的婚姻地狱。他们居心叵测地扑向我这个萨尔茨堡的单纯青年，阴险地请我来到玛丽亚-扎尔。我接受了邀请，后来我才弄明白，我这轻率之举是多么荒唐。奥尔斯贝格尔夫妇这样的人，他们有钱，在乡村拥有大片美丽的土地，上面是美丽的面积超大的房屋，这一切我们都没有，便跳进了他们的陷阱，我想。我们只看到外表。只听他们一说，便中招了，我们相信了他们的炫耀，不知不觉陷了进去，我坐在带头靠的沙发椅上想。他们大谈特谈那老房子如何不同寻常，那大屋顶如何漂亮，在他们那一眼望不到边的地

126

产上漫步，又是多么惬意，每天在花园里享受美酒佳肴，可以乘车去游览一座座古建和城堡。我们信以为真，中了圈套。他们描绘一幅乡间豪华世界图景，引起了我们的兴趣，于是跟随他们，心里想着优越的生活条件，双脚踏进陷阱，我坐在带头靠的沙发椅上想。他们反复谈他们如何富有，他们的财富如何不可胜数，其实很少有具体的讲述，我们惊叹不已，进入圈套。他们懂得什么最让我们感兴趣，告诉我们他们的厨房设备如何齐全，他们地下室的贮藏如何丰盛，他们的图书室藏书上万，我们听得心花怒放，进入了圈套。他们提到他们的捕鱼水域、他们的磨坊、他们的制材厂，并没有提到他们的床铺，我们听得心旷神怡，上了贼船，钻进了贼窝，我想。因为我们本身处于一种山穷水尽的境地，就像我五十年代初那个时候，抬起脚来不知道往哪儿迈，于是我们听了他们的话，特别动心，就心甘情愿地往圈套里钻。当我离开莫扎特音乐学院来到维也纳，这座城市没有给我出路，这里冷酷、残暴，让人看不到任何希望，我自然就进入了奥尔斯贝格尔夫妇设下的圈套，这个圈套几乎将我一生断送，我坐在带头靠的沙发椅上想。他们凭着直觉选中了我，我坐在带头靠的沙发椅上想，他们的直觉是多么灵验，好比神枪手，百发百中啊，我想，五十年代初，我那时的状况，对奥尔斯贝格尔夫妇

127

来说，我是他们最好的捕获目标，当时的我正处于彷徨中，不知道该怎么办、往哪儿走，就在茫然不知所措之际，认识了奥尔斯贝格尔夫妇。虽然我知道，我坐在带头靠的沙发椅上想，我通过珍妮·比尔罗特在塞巴斯蒂安广场认识了乔安娜，我现在想，但我忘记了我在什么地方认识奥尔斯贝格尔夫妇的，我忽然很想知道到底在哪里与他们相识的，怎么也想不起来，实在是记不得了。我一再回忆，但是一点儿印象也没有。最近一段时间我经常出现这样的情况，忽然脑子不灵，精神不济，我坐在带头靠的沙发椅上想，考虑到我身上有多种疾患，包括神经方面，这种情况也不足为怪，尤其今天这一天，经历了那么多事情，出现这种状况是自然而然的了，我想。我对自己说，这一年还没过多少时间，就五次去墓地参加朋友的葬礼，他们突然都去世了，我想，多半是自杀，他们或者突然从咖啡馆跑到大街上，让汽车轧死，或者拴根绳子上吊，或者突发中风。我们五十多岁了，经常参加葬礼，我想。过不了多久，我在公墓里的朋友，比在城市里的还要多，我想。在乡村出生的想要自杀，便又回到乡村，我想。他们偏爱在父母住过的房子里自杀，我想。实际上他们都有病，毫无例外。他们若不是自杀，也是病故，是他们自己不慎罹患的疾病。我把"不慎"这个词说了好几遍，仿佛坐在带头靠的沙发椅上这么说话别有一番乐趣，我不断反复说着"不慎"这个词，以至于音乐室那些人注意到我在不断重复"不慎"这个词，当我察觉他们忽然都朝着门厅这边看，我就不再继续说了。三十年前，甚至二十五年前，我与他们还是朋友，我想，现在，我们相互视为陌路。一段时间里，我们与一些人方向一致，后来我们醒悟了，与他们分道扬镳。是我转身离开了他们，不是他们离我而去，我想。我们原本与他们连在一起，突然我们对他们感到厌恶，就与他们断了联系。我们多年跟着他们跑，祈求他们的青睐，我想，一旦得到了他们的眷顾，就又不愿意与他们为伍。我们逃离他们，他们追赶我们，又把我们拉回他们身旁，我们于是屈服在他们门下，听他们指挥，我想，放弃了自己的意志，直至我们或者死去，或者逃离。我们一旦逃跑，他们便追赶，把我们带回去，然后压迫我们，直至我们死去。我们跟随他们，乞求他们接受我们，他们接纳了我们，然后把我们弄死。或者我们从一开始就躲避他们，一辈子离开他们的视线，我想。或者我们进入他们的圈套，窒息身亡。或者我们逃脱他们，诋毁他们，到处散布谣言污蔑他们，我想，为了拯救我们自己，为了活命从他们那里逃生，尽可能到处抹黑他们，说他们应对我们的不幸负有责任。或者他们逃脱了我们的责难，污蔑我们，指控我们，散布各种各样的谣言诋毁我们，为了拯救他们自己，我想。我们以为我们已经命在旦夕，危难中遇到了他们，遇到了我们的命中贵人，他们拯救了我们。然而我们不知道感恩，报答他们的救援，相反，我们诅咒他们，憎恨他们，一生一世，因为他们拯救了我们而仇视他们。或者我们巴结讨好他们，他们无动于衷，甚至烦恶地推开我们，我们于是报复他们，到处诋毁他们，最终憎恨他们，直至他们死亡。或者他们在关键时刻帮助我们，我们非但不知恩图报，反而因为他们拯救我们而仇恨他们，如同他们因为我们帮助了他们而仇恨我们，我坐在带头靠的沙发椅上想。我们做过让他们称心如意的事，就以为有权利让他们一辈子对我们感恩戴德，我坐在带头靠的沙发椅上想。我们原本与他们情长谊深，忽然风云突变，一辈子老死不相往来，可又根本不知道为什么会这样。我们热烈地爱着他们，爱得死去活来，他们却厌恶地奋力把我们推开，憎恨我们对他们的热爱，我想。我们从他们那里得到了一切，却憎恨他们，我们原本一无所有，一无所能，是他们使得我们有点儿出息，我们却为此憎恨他们。我们没有任何本事，如人们通常所说，白纸一张，他们从零起点培养我们，甚至很可能培养成天才，我们因此无法饶恕他们，把一纸空白的我们培养成天才，仿佛他们把我们培养成了罪大恶极的犯人，我坐在带头靠的沙发椅上想。我们从他们那里获得了几乎一切，却一辈子用仇恨和蔑视来惩罚他们，我坐在带头靠的沙发椅上想。我们的一切成就都归功于他们，却永远不知恩图报，不饶恕他们，我想。我们以为有权利这样做，实际上没有任何这样的权利，任何人都没有任何这样的权利，我想。这世界上一切都不公正，人就是不公正，就是犯错误，不公正、犯错误就是一切，事实就是如此。我们所拥有的，其实就是不公正，就是错误，我想。这些人的表象总是堂而皇之，实际上，他们什么都不是。比如，他们有时看起来很有文化素养，其实是骗人的，他们有时看起来拥有音乐天分，其实不然，他们有时看起来很人道，其实没有那么回事，我想。他们总是让人看起来很亲切、可爱，只是表象而已，其实不然。他们让人看起来很自然，其实他们从来就没有自然过，无论他们做什么，总是在做戏，每逢他们声称富于哲理，或给人以这样的印象，其实他们只不过是怪异。我又想起奥尔斯贝格尔夫妇在格拉本大街上跟我说的那些令人厌烦的话，您现在一切都离不开维特根斯坦，与二十五年前一样，他们对我说，您现在三句话不离费迪南德·埃布纳[1]，当时他们装作颇有哲学头脑的

---

[1]　费迪南德·埃布纳（Ferdinand Ebner，1882—1931），奥地利文化哲学学者。

样子，至少是对哲学感觉兴趣，因为他们以为当着我的面应该这样做，他们当时认为，也许今天仍然这样认为，我是一个懂得哲学的人，用哲学思考的人，我怎么会是这样的人呢？至今我自己也不知道什么是哲思。有一回，他们装作懂得法国文学，有一回，他们装作懂得西班牙文学，还有一次他们装作懂得德国文学，事实上，我在他们那里接触了许多西班牙和法国作家，还有大多数德国文学家，可以说，通过他们夫妇我认识了这些作家，在玛丽亚-扎尔他们拥有很大的图书室，比根茨胡同这里的要大得多，虽然根次胡同这里已经具有相当规模，玛丽亚-扎尔的图书室可以为研究提供丰富的资料，甚至可以称为学术图书馆，是奥尔斯贝格尔太太的曾祖父建立的，他那时也是为了装门面。他的后代，奥尔斯贝格尔夫妇，很可能在三十年里也就二三十次光顾这里，取出一两本书看看，而我就不一样了，无论是在根茨胡同，还是在玛丽亚-扎尔，我可以说是如饥似渴地扑向这些藏书，我得说，的确是怀着一种难以克制的求知欲望，我现在想。甚至可以这样说，不是奥尔斯贝格尔夫妇把我首先引向根茨胡同，然后到了玛丽亚-扎尔，而是他们祖先丰富的藏书，他们这样做也只是为了装门面，追随着时尚和流行，显得有知识、有学问，具有大城市人那种博学。知识渊博在任何时代都是风尚和潮流，我想，虽然最近二十年不怎么时兴了，但是现在又大受追捧。奥尔斯贝格尔夫妇以假象示人，总是在装，因为他们永远没有能力真正做到，我想，他们的一切，过去和现在，都是装出来的，他们的社会交际，包括他们夫妻间的关系、他们的婚姻状态都不例外。他们夫妻间的关系是装出来的，我坐在带头靠的沙发椅上想，过去和现在，他们之间都不可能是真正的夫妻关系，不仅奥尔斯贝格尔夫妇的生活从一开始就是装样子，所有音乐室里的那些人都是生活在假象中，从未以真实状态示人，片刻也没有，我坐在带头靠的沙发椅上想。所以如此，因为他们从未有勇气和力量真实地生活，从来未曾有对真实所必要的热爱，我想。他们所有的人总是跟随着时尚和流行，我想，用时尚作为表象，把自己包裹起来，毫无保留地、全面地臣服在其脚下。维也纳曾流行费迪南德·埃布纳的书，他们便读埃布纳，今天维特根斯坦变得时尚了，他们便读维特根斯坦。当然，其实他们从未真正读过埃布纳，今天他们也不是真正在读维特根斯坦。三十年前，他们把埃布纳的书带回家里，现在他们把维特根斯坦的书带回家里，谈论这些书，但并不读它们。他们把这些书挂在嘴上，谈来谈去，从不去读。天长日久，甚至年复一年，他们只是谈论，直至这些书不时兴了，他们也立刻就不再对这些书感兴趣了。现在谈论维特根斯坦比较多，如同埃布纳曾十分流行一样，我想，维特根斯坦更多的是哲学家而非导师，埃布纳更多的是导师而非哲学家。经过历史的沉淀，最后维特根斯坦作为哲学家载入史册，而埃布纳只作为导师成为历史。奥尔斯贝格尔夫妇总是装出了不起的样子，比如具有艺术家的风度等等，当然，首先让人看起来如果不是富有博爱精神的、大写的人，也是有教养的、高贵的人，我想，而实际上，假象的背后只不过是浅薄和可怜，从来就不是他们实际上真正想成为的那种人：一等公民，贵族，如果可能的话，最好是高级爵位的贵族。这是奥尔斯贝格尔夫妇怪诞之处，一辈子执着追求过时的、可笑的浮名虚位，并且为此日夜苦心劳神，我想。奥尔斯贝格尔夫妇还把自己装扮成热心的艺术赞助人，我想，每逢他们邀请非贵族身份的人，不管是谁，那对于他们来说，此举就有艺术赞助人的性质。说到底，"国家艺术赞助人"的头衔，是我给他们颁发的，其实这就跟狂欢节的勋章差不多，可是他们却把带有讽刺性的玩笑当真了。他们拥有那么多钱财，按说可以无忧无虑地去做学习和研究性的旅行，在各个方面提高自身的修养，但他们不这样做，他们有那样多的钱，什么样的旅行也都不成问题，但是他们放弃这些可以扩大眼界、增长知识的有意义的活动，把时间，几十年的时间，耗费在所谓模仿第一等级阶层、耗费在渴望和追求高等贵族的声望上。他们不遗余力地模仿高等贵族，深深陷入对贵族的痴迷和狂热，到了不可救药的地步也不愿意改弦更张，我想。他们装出一副艺术家的样子，我想，实际上只不过是小市民，就他们的举止，连真正的小市民都不配，更不要说大资产者了，出于痴迷贵族的癖好，他们瞧不起大资产者，我想。于是他们就劫掠进入其圈套的人，说实话，被劫掠者也是咎由自取，我想，因为这些人十分清醒地接受他们的劫掠，愿意从被劫掠中得到好处，是的，作为奥尔斯贝格尔夫妇掠夺的牺牲品，他们实际上在享受其被掠夺，就像我本人享受被奥尔斯贝格尔夫妇掠夺一样，甚至感到置身于一种既有疗效又非常舒适的医疗过程当中，这是事实，奥尔斯贝格尔夫妇的掠夺疗法的确将我治愈，恢复了我的健康，因为我来到奥尔斯贝格尔夫妇身边时确实有病，而且病得不轻，我想，身心都处于疾患状态。三十年前，奥尔斯贝格尔夫妇的掠夺疗法虽然并没有让我变得怎样幸福，但是的确治好了我的病，我想，然而，我并不感谢他们，相反，我看不起他们，憎恨他们，我坐在带头靠的沙发椅上想。是的，他们在三十年前拯救了我，我想，其实应该说我也拯救了他们。他们拯救了我，这是事实。现在，他们看起来是为艺术家们举办"艺术家晚宴"，实际上他们展示的是他们可怜巴巴的卑劣，他们声称他们的晚宴是为那个城堡剧院演员举办的。作为城堡剧院演员，这个人到处接受邀请，参加聚餐、晚宴。城堡剧院所有演员其实都是这样，总是到处接受邀请，吃吃喝喝，在这个城市的犄角旮旯觍着脸，让人恭维和赞扬。他们说这个城堡剧院演员，《野鸭》主要角色扮演者，表演得很成功，演的艾克达尔每场都获得连续不断的掌声。实际上奥尔斯贝格尔夫妇不过是以此为由头，他们的晚宴归根到底是为他们自己举办的，说是为了这位或那位艺术家，实际上总是为他们自己，我坐在带头靠的沙发椅上想。他们购置了大量食材，为了给应邀前来的艺术界人士烹饪，然后把佳肴摆到餐桌上。然而，他们购买也罢，烹饪也罢，都是为了他们自己，嘴上却说他们举办的是"艺术家晚宴"，是对艺术的赞助。他们几周来在维也纳不停地说，为《野鸭》的艾克达尔扮演者举办晚宴。没有说这个城堡剧院的演员所以到他们这儿来，是因为他们几周以来不断乞求人家这样做，百般央求人家，其中的委屈和谦卑苦不堪言。他们说他们为城堡剧院那个演员设晚宴，"艺术家晚宴"，同时邀请了一大堆另外的人，虽然没有像城堡剧院演员那么有才华、那么名气大，不过也都是从事艺术的所谓艺术家，我想。他们说他们为城堡剧院演员举办晚宴，实际上他们很可能是逼迫他来参加晚宴，所有这些所谓的邀请，说到底都是强迫或勒索，我坐在带头靠的沙发椅上想。归根到底，他们的社交一直具有强迫和勒索对方的性质，我想，无论他们采取什么方式，无论过去或现在，总是这样，我想。音乐室里的那些人，虽然某种程度上都是自愿来赴晚宴的，我想，但从根本上说，都是奥尔斯贝格尔夫妇强迫的结果。按奥尔斯贝格尔夫妇的意愿，邀请来的客人都应该是贵族，或者按照他们头脑中的贵族概念认为是贵族的人，现在坐在根茨胡同他们餐桌旁的人，不是那些在这个晚上真正应该来到他们这里的人。我坐在带头靠的沙发椅上想，哪怕是落魄的侯爵、潦倒的伯爵也比这些所谓的"艺术人"要强得多，对他们来说，这些客人糟糕透顶。归根到底，奥尔斯贝格尔夫妇对艺术是蔑视的，他们总是装着具有艺术家风度，比如把晚宴称作"艺术家晚宴"，其实不过是装装门面，我想。如果说没有侯爵和伯爵坐在他们的餐桌旁，至少也应该是一名城堡剧院的演员，他们可能这样想，我坐在带头靠的沙发椅上想。正好在这时，那名演员，这个晚上一直被称呼为"城堡剧院演员"的人，走了进来。因为他三四十年以来就在城堡剧院舞台上演出，三四十年一直被称为"城堡剧院演员"。奥尔斯贝格尔夫妇安排我坐在作家珍妮·比尔罗特对面，正是对这个女人，我下午在基尔布感到特别厌恶。他们大家都在餐厅里就座了，然后招呼我到餐厅，直到这会儿，他们才招呼我到那不伦不类、充斥着往昔帝国时代风格的餐厅。我估计这期间他们根本就没有想到我，或者早就把我忘在脑后了，我的确有一会儿或者多次坐在椅子上打盹儿了，这一整天确实太累了。奥尔斯贝格尔太太走出音乐室，来到门厅招呼我，我想，好长时间没有听到她讲话了，当我听到她首次喊我的名字，立刻明白她已经喊了我好几次，她肯定认为得摇我的肩头让我醒来，我已经清醒了，趁她的手还没有放到我肩膀上，便给她挡了回去，也许我这样做有点儿太莽撞了。门厅里灯光较暗，我看不清她的脸部表情，我那断然排斥的无情动作必然伤害了她，我想。我立即站了起来，跟着她走进餐厅，这里人们如上面所说都已在餐桌旁就座，大约中间的位置坐着城堡剧院演员，他到来的那一刻我睡着了，我现在推想。我没有听到他走到房里来，他若想进餐厅，必然要从我身旁经过，我没有发现他的到来，证明我的确在那个时候打盹儿了，很有可能，不止一两分钟，我现在估计，可能近半个小时吧，很可能还要长。我迷迷糊糊地坐到餐桌旁，看到厨师已经把汤摆到了桌上，半夜一点钟差一刻开始进餐，我想，多么荒谬。大家都默默地急忙吃着，准备听城堡剧院演员说些什么，这位用勺儿慢慢地吃着。今天晚上，他说，情况不是太好，并非我最好的演出，他说，观众好多次呼喊：大声点儿，大声点儿。他可能在舞台上说话声太轻，他不知道为什么会这样，他说，常有这样的情形，一个演员在台上完全进入了角色，融化在艺术中，于是完全把他的观众忘记了，观众看他的动作，当然也想听清楚他同时说了些什么，只有这样，才能顺利地把演出看下去。他边讲边胡乱地吃着汤，可能就像他演出一样，马马虎虎，没模没样，我想。同时，我并没有看着城堡剧院演员，而是看着作家珍妮·比尔罗特，她那里自然把这名演员作为城堡剧院演员看着，把这名演员匆忙用勺子盛的一切或说的一切似乎都毫无例外地当作非同寻常、不同凡响、绝无仅有的举止和谈吐铭记在心中。现在我坐在维也纳的弗吉尼亚·伍尔夫的对面，这位令人乏味的诗人和小说家，这时候我忽然明白，自从她从事创作以来，一直沉醉于炮制低俗和煽情，我想，这样一个人竟然大言不惭地说，她比弗吉尼亚·伍尔夫写得更好。伍尔夫是谁，她是自从我学会写作以来最佩服的女作家，比尔罗特却狂妄地声称，她的小说超过伍尔夫的《海浪》《奥兰多》和《到灯塔去》。在基尔布，这位珍妮又一次表现出她那让人嗤之以鼻的幼稚可笑。我现在坐在她对面想。这顿"艺术家晚宴"由于城堡剧院演员的姗姗来迟，不折不扣地变成了"艺术家夜宴"，简直可恶至极，同时也让人像以往一样感到甚为荒诞，我想。半夜一点钟差一刻开始吃头道菜：土豆汤，并宣布接着上来的是梭鲈鱼，这种做法是十足的变态行为，只有奥尔斯贝格尔夫妇才做得出来，我心里说。坐在珍妮对面，瞧着她喝汤的样子，总是以她特有的方式，右手的小拇指翘着，离开其他手指至少有一公分的距离。就因为这么一位城堡剧院演员，就得在半夜十二点三刻吃梭鲈鱼。这位显然是饿极了，几勺子下去，就把汤喝掉了一半儿，以至于胡须上都挂着土豆汤的汤汁。艾克达尔，他边喝着土豆汤边说，这个人物是我几十年来一直渴望演的角色，他说着艾克达尔，用勺子盛着土豆汤。每说一两个词，喝一口汤。他说，艾克达尔，盛一勺汤，曾经是，盛一勺汤，我一直，盛一勺汤，最喜欢的角色，盛一勺汤。他还把简短的词语分开说，比如几十年，他说几十，接着盛两勺汤，然后再说年，同样如此这般说的，还有最喜欢的角色。仿佛他在谈论一种面食，我想。他说了多遍艾克达尔是我最喜欢的角色，我立即在心里问自己，如果他演艾克达尔没有取得任何成功，是否还会总说艾克达尔是他最喜欢的角色。如果一个演员把一个角色演好了，他就说这是他最喜欢的角色，如果他没有演好，他就不说这是他最喜欢的角色，我想。这名城堡剧院演员一再边喝着土豆汤，边说艾克达尔是他最喜欢的角色。仿佛只有他有话说，在座的其他人好长时间都是一言不发，喝着土豆汤，目光呆滞地看着城堡剧院演员。城堡剧院演员盛汤的速度加快了，他们也迅速跟着加快，城堡剧院演员盛得慢了，他们的动作也慢了下来，当城堡剧院演员停了下来，汤盘里没有汤了，他们也把汤吃完了。他们吃完汤好一会儿了，我深盘子里的汤还剩下一半，这汤太淡而无味，剩下的不想再吃了。他一直希望有机会演《野鸭》，终于如愿以偿了，城堡剧院演员激动地说。如果这个戏里的同台演员更有水平些、更理想些，他说，但是他的同台演员不是这样。《野鸭》这出戏的演员阵容，除了他都是临时应付，否则的话，不仅只有他大获成功，这整出戏都会让人惊叹，他说。现在一切都集中到他一人身上了，各家报纸都在报道他，而不是《野鸭》这出戏引起轰动，是他，他的艾克达尔，不是整个演出，他说。媒体都或多或少暗示，如果没有他，最能体现易卜生戏剧特色的这出戏的演出，结果会怎样简直不可思议。他本人十分欣赏易卜生的戏剧艺术，如同他也很佩服斯特林堡，总之，北欧的诗人他都情有独钟，的确如此，这些戏剧家如果没有像他这样的演员会怎样呢？他极其谦虚地坦言道。他认为，这些戏剧大师作品的深邃内涵远远超出媒体的评论，了不起的演员也好，伟大的演员也罢，易卜生的确是大作家，斯特林<u>堡</u>也是，这两位都是文学史上的天才，但是，如果没有真正会演戏的伟大演员，他们的戏剧又会怎样呢？好的戏剧作品，还要有好演员来唤醒它们，才有鲜活的生命。他说这话的时候，已经是在他来到根茨胡同后至少两杯或三杯香槟酒下肚之后，然后将双手放到餐桌上，抬起他那演员的头，望着上方对奥尔斯贝格尔先生说，您的音乐作品，亲爱的朋友，我非常欣赏。奥尔斯贝格尔先生听了后低下头，这位韦伯恩的继承者在城堡剧院演员说您的音乐作品，亲爱的朋友，我非常欣赏后低下了头。大家都沉默不语，他们想梭鲈鱼要端到桌上来了，但他们弄错了。女厨师空着手走进来问道，是否可以上梭鲈鱼了，奥尔斯贝格尔太太示意可以上这道菜了。我们演员已经习惯夜里很晚才吃饭，城堡剧院演员说，我们大多数情况下都是在半夜才进餐，这是我们演员与众不同之处，城堡剧院演员说。午夜之后才进餐，舞台生涯，不健康的生活方式，他说，从中间折断了一根下酒的小盐面棍儿。演员习惯了午夜之后才吃晚饭，城堡剧院演员说，之后立刻又说，艾克达尔这个角色是他梦寐以求的。伟大的作品必须在舞台上得到最好的诠释，城堡剧院演员说，他对艾克达尔这个人物研究了半年之久，为了琢磨透这个角色，他甚至有一回到蒂罗尔阿尔卑斯山，在一个孤零零的茅屋里隐居三个星期，在那里，在真正的孤独处境中，城堡剧院演员说，他才豁然开朗，懂得了艾克达尔这个人物。演员总是要么太迟、要么太早地在舞台上表演一个角色。像艾克达尔这样的角色，总是只有在唯一正确的时刻你才能把握他，才能作为他的扮演者走上舞台。艾克达尔一向是我梦寐以求的角色，他说，但之前从未真正理解这个角色。只有当我在山上的茅屋里，真正做到排除一切干扰，精神完全集中于这个角色时，我才明白，艾克达尔是怎样一个人，才明白《野鸭》是怎样一出戏，才明白易卜生是多么伟大的作家，他高声说道。是山上茅屋让我顿开茅塞，在昏暗的茅屋里，艾克达尔忽然像一盏灯在我眼前亮了起来，城堡剧院演员说，身体向后靠在椅背上，他一向很喜欢吃梭鲈鱼，他说，尤其是浅海梭鲈鱼，真正的浅海梭鲈鱼。奥尔斯贝格尔太太这时说，她让人做的鱼，当然是真正的浅海梭鲈鱼，不是任何别的什么梭鲈鱼。她的这句话打断了城堡剧院演员关于研究角色的讲述。人们必须十分谨慎地接近艾克达尔，城堡剧院演员说，我们在城里数月之久跑来跑去，绞尽脑汁也弄不懂艾克达尔，没有办法把自己与他联系起来，尽管我们一再想到，他与世界文学名著里的其他形象截然不同，可是到头来，我们还是感到绝望。于是，索性扔掉这之前的一切，从头开始，他说，来到山里，住到简陋不堪的茅屋里，于是我们与角色之间忽然心有灵犀。扮演《暴风雨》中的普罗斯佩罗，也是这样的经历。城堡剧院演员说。假如让我演李尔王，他说，我将再次登上高山，这之前，不会数月之久在这可怕的城市里打转转浪费时间，而是从一开始就目标明确地到高山茅屋里去解决问题。蒂罗尔的高山峻岭给了我理解艾克达尔的钥匙，城堡剧院演员说，海拔一千八百米高的茅屋，他说，远离一切文明，没有电灯，没有煤气，没有消费社会！他几乎叫喊起来，正值他面前摆上了加热过的盘子，请他吃梭鲈鱼。我们必须登上阿尔卑斯山才能正确地观察世界，他说，同时吃了一块鱼。他说，这之前他从来未演过易卜生戏剧中的角色，斯特林堡的戏剧，他演出过，扮演所谓的《死亡之舞》里年轻的埃德加，但从未演出过易卜生的人物，未演过年轻的培尔·金特，这当然是不言而喻的。我们跟许多导演打过交道，他说，从未得到过我们确实喜欢扮演的角色，也没有遇到过我们心仪的作家。我们原本想要演一部西班牙作家的戏剧，结果只能演一部法国作家的戏，他说，我们想要演的是歌德作品，分配给我们演的角色是席勒笔下的人物，我们原想演一部喜剧，但交给我们的任务却是演一出悲剧。即使你是著名演员，也不能总是想演什么就演什么，城堡剧院的演员说，经常是已经答应我们扮演一个终于可以称其为我们喜欢的角色，但到最后，这个角色却被别人演了。在剧院里，没有什么会按计划进行，原来计划得好好的，落实到舞台上就走样了。我们最终上演的，最终呈现在舞台上的，总是某种妥协，很糟糕的妥协。像他这样年龄的一个演员，早就习惯了剧院里这种行事的方式，已经变成他生活的一部分了，他说。即使是在如他所说的欧洲首屈一指的城堡剧院，遇到了麻烦的事情，到头来也只能是妥协。是怎样的妥协呢，他说，他认为城堡剧院的妥协，仍然不影响它是伟大的剧院；城堡剧院无论有多少不成功或者失败，归根到底，它仍然还是城堡剧院，他这样说的意思是，无论城堡剧院出现怎样的败绩，这座剧院也是他称之为伟大剧院的那个城堡剧院。他这样说是很可笑的。我已经疲倦得睁不开眼睛，而这名城堡剧院演员显然根本毫无倦意，在座的人都很疲劳，这一天累得他们身心俱疲，主要是参加乔安娜的葬礼，然后是既乏味又伤神的两个多小时的等待，等待宴会的主角城堡剧院演员。扮演像艾克达尔这样一个角色，我几乎用了整整半年时间来做准备，城堡剧院演员说，这半年时间里，我放弃了其他一切，完全投入对这样一个角色的研究，就这一件事情让我忙得不可开交，没有任何舒适的日子可言了，你得在心里揣摩这个人物，试着进入他的天地，他说，这可不是消遣和娱乐。比如几星期把自己关在蒂罗尔高山茅屋里，以水、面包和豌豆汤维持最基本的营养，睡在极简陋的床铺上，整个时间里只能简单洗漱，他说。观众对此当然一无所知，更谈不上对你有什么酬谢。即使他们在你演出时为你鼓掌，或者说你这个艾克达尔角色大获成功，城堡剧院演员说，那又怎能与你的投入和你的牺牲相提并论呢，你付出的代价太高了。但是作为演员命该如此，干这行就得做出牺牲，他说，他本来想以反讽的语调，但没有成功，听的人显然觉得他的话讲得很严肃。艾克达尔这样一个人物，他说，要求一个演员彻底投入。首先你得吃透描写他的文学作品，他说，这说说容易，做起来很困难。然后你还要真正理解作者，一位文学大家；然后是他笔下的这个人物；然后是漫长的排练，持续整个秋天和冬天。我们是八月底开始的，他说，没有想到当我们结束时已经是春天了。排演莎士比亚的戏就完全不是这样了，他说，没有讲为什么完全不是这样，排演莎士比亚与排演易卜生和斯特林堡为什么不同。在排练期间，如果不是还参加另一出戏的演出，他晚上十点就上床睡觉，早上六点起床。他在开着的窗户前背诵着台词，在卧室里走来走去。我没有结婚，这对我一直很有益处，他突然说，七点到十一点，我大体上就这样在卧室里走来走去，熟悉和

146

背诵台词。我要把台词练得很熟才去排练，他说，从排练开始那一刻起，就做到台词烂熟于心。导演们总是很吃惊，城堡剧院演员。大多数演员进入排练阶段，还没有把台词记住，他说，我总是在排练之前就已经能熟练背诵了。这是很讨厌的事情，开始排练了你那些同事台词还记不下来，这很讨厌，他反复说，又吃了一块用槟榔果粉浓汁浇制的鱼。假如我的房屋没有建在格林卿，谁知道呢，很可能我就到德国舞台上去演戏了，城堡剧院演员说，很多剧院都发出了邀请，我可以去柏林、科隆，或者苏黎世。可是，这些城市怎么能与维也纳相比呢？他说。我们憎恨这座城市，可是，对这座城市热爱的程度超过对任何其他城市，他说。如同我们，坦白地说，也憎恨城堡剧院，然而，爱它超过爱任何其他剧院。当他接下来说，艾克达尔这个角色的巨大成功，事先根本就没有想到时，我注意到作家珍妮·比尔罗特，她因为感到没有机会发言，已经不安起来，这个晚上，由于城堡剧院演员不断地讲述，她没有能成为一向都想成为的谈话中心，她到现在为止，竟然没有发言的机会，她其实一直想开口讲话，但一直都没能成功。她对城堡剧院演员的那些见解，早就想发表自己的看法，可是城堡剧院演员没有给她机会。然而这会儿，当城堡剧院演员认为，艾克达尔是他排练和演出过的最困难的角色时，这位女作家再也按捺不住了，她说，她认为斯特林堡的埃德加是更难演绎的角色，比艾克达尔要难得多，每逢她读到埃德加，无论如何，她总有一个印象，埃德加比艾克达尔要困难得多，她从来都不认为艾克达尔是一个难演的角色，当然话又说回来，她说，一切角色，无论哪一个，如果要想演好，让它真正在舞台上活起来，都不容易，她觉得在她读这个人物时，感到扮演埃德加要比扮演艾克达尔更有难度。不！城堡剧院演员喊道，更难扮演的角色是艾克达尔，这是显而易见的。珍妮·比尔罗特说，她不能同意城堡剧院演员的这个观点，并婉转地让人知道，她大学里学过戏剧史，而且师从著名教授金德曼，她今天再次在这样的场合表明自己是金德曼教授的学生，也许一名演员会想到艾克达尔是更难以扮演的角色，而实际上，更难扮演的是埃德加。不对，您知道吗，城堡剧院演员对作家珍妮·比尔罗特说，如果一个人和我一样，几十年在舞台上演戏，而且是在城堡剧院舞台上，而且所演出的，根据他的回忆，全是主角、男一号，那么，他知道他在说什么。当然，作为研究戏剧学的人，对戏剧有另外的看法，但是从表演的角度看，毫无疑问，艾克达尔更难演，埃德加则是比较容易扮演的角色，请您不要忘记这一点，城堡剧院演员对珍妮·比尔罗特说。后者表示对于城堡剧院演员的话不满意，她说，从这两个戏剧人物存在以来，时间一再表明，艾克达尔是比较容易演的角色，而非埃德加。她说，她的导师金德曼教授在其一篇文章中明确地论述过，文章的题目是《埃德加和艾克达尔两者的比较》，珍妮·比尔罗特问城堡剧院演员，是否读过这篇文章。城堡剧院演员回答道，他不知道有这篇文章。这太遗憾了，珍妮·比尔罗特说，如果城堡剧院演员在他排练艾克达尔之前读过金德曼教授关于（斯特林堡的）埃德加与（易卜生的）艾克达尔的论述，那么，他在准备《野鸭》中的这个角色时，就会省去很多麻烦。好长时间一再等待时机插话的奥尔斯贝格尔先生这时突然说，几星期关在高山茅屋里！这时，城堡剧院演员想换个话题，他说他在来根茨胡同的路上丢了一只手套，如果不是已经太晚才往这里走，他就回去寻找了，想到奥尔斯贝格尔夫妇已经等待了很长时间，不能再折磨他们的精神了，就没有再耽误时间返回去寻找手套。人们邀请他吃晚饭，他说，事先不知道接下来会遇到怎样的麻烦，发出这样一次邀请很容易，但到底这将意味着什么，只有当邀请者发现被邀请者在午夜十二点半还没露面之后才会明白。是的，干上了演员这个行当就别想过正常生活了，城堡剧院演员说，仿佛这是为了排解他的窘迫的常用语句之一。奥尔斯贝格尔太太已经吩咐人给在座宾客的盘子里添加鱼块。她说，这是怎么说的，城堡剧院演员在来根茨胡同的路上丢了一只手套，丢一只跟丢两只没有什么区别，剩下一只还怎么戴呢？没用了。是的，餐桌旁的人都附和说，大家都曾丢失过一只手套。也是像奥尔斯贝格尔太太这样想的。可能拾到手套的人会交出来。可是往哪儿交呢？奥尔斯贝格尔先生问他的太太，并大笑起来，所有其他人也都笑了起来。他们笑奥尔斯贝格尔先生向他太太提出这样的问题：谁交出捡到的手套，把它交到了什么地方呢，或者可能会往哪儿交呢，然后在座的每个人都讲起了自己丢失手套的故事，因为在座的每个人都曾丢失过一只手套，对这只手套的丢失像一双手套全丢失一样地感到难过。他们大家丢失的手套也都没能再找到，已丢失的这只手套没有被捡到或交到失物招领处，他们说。啊，要是一双都丢了没准会好一点，奥尔斯贝格尔太太说，并开始讲她自己的手套故事。大概二十年前，她在约瑟夫城剧院上卫生间，把她那双晚上戴的手套落在那里了。两只晚间戴的手套，她说，同时看着在座的一桌人。那天演出的是内斯特罗伊的《分裂的人》，是这位喜剧家最好的剧作之一，她说。幕间休息时她把手套忘在了卫生间，散场时，她急忙去卫生间，希望手套还在那台子上，在约瑟夫城剧院我完全可以相信，她说，手套仍然还在台子上放着。但是，手套不见了。卫生间的服务员没有看到那里有人忘记了的手套，奥尔斯贝格尔太太说。您想想看，她说，在观看《分裂的人》两周后，有人把我丢的那副手套寄给了我，匿名，她边说边靠在那帝国风格的椅背上，匿名，附有一张小卡片，上面写着"亲切的问候"。直到今天，我也不知道是谁把手套寄给了我，她说。稍后，城堡剧院演员对她说，梭鲈鱼烧得好极了，真正的浅海梭鲈鱼，其他人也都表示有同感，他们正在吃着的鱼是真正的浅海梭鲈鱼。您听我说，城堡剧院演员边说边不时地用塞在衬衫领上的餐巾擦着胡子拉碴的嘴，干演员这个行当，就别想舒服地过日子了。我曾在慕尼黑登台演戏，距离今天二十多年了，是所谓的临时救场，他说。演海因里希，不值一提的角色，他说，在那里，考芬格大街，我遇到早年一位同行。还是在"二战"前，我们俩曾合住在莱兴费尔德街一间二手出租房里。可以想象，房里没有暖气，有老鼠。我们经常饿着肚子，他说，您可能知道当时的情况，美国人还没有到，俄国人已捷足先登，食品匮乏，畅销货贵得吓人。我就问这位同行，为什么离开维也纳？他回答说，维也纳实在让我厌烦得受不了。那么慕尼黑呢？我问同行，城堡剧院员说，又用餐巾擦了一下他那胡子拉碴的嘴。同行对我说：慕尼黑也同样让我厌烦！我对同行说，这样看来，你本来

151

就应该留在维也纳！城堡剧院演员说。这位同行当时在都城剧院演戏，戏路子与我接近，城堡剧院演员说，也许他的嗓音对于他演的角色太高了些，斯特林堡的声音，我想。城堡剧院演员说，绝对适合演斯特林堡的人物。对于易卜生的人物就不合适。演歌德作品行，不适合演莎士比亚的人物，不，不适合易卜生，演莫里哀还凑合，但扮演内斯特罗伊的人物不合适，不，不适合内斯特罗伊的人物，他说，也许他身材太胖了些，生活上对自己太放纵，城堡剧院演员说，出生在弗克拉布鲁克，本质上是小地方人的做派，但是人很善良，心肠好，嗓音太高了些，成家早，有一个孩子，后来离婚了，在人民剧院待了很长时间，城堡剧院演员说。这样说来，你本可以留在维也纳，我对他说，城堡剧院演员说，他的脸常有一种明显古怪的抽搐，绝对是一个很幽默的人。总是大手大脚，有钱就花光，不严谨，或者可以说是那种浪荡不羁的类型，城堡剧院演员说。我对他说，我在排练埃德加。哦，埃德加，他说，我不感兴趣，他说。你不感兴趣，你不感兴趣，我说。天气很冷，我没有手套，一直感到很冷。我在排练埃德加，我又说了一遍，但他根本就不听我说话。我在排练埃德加，我喊了起来，城堡剧院演员说，然后转过身去走开了，把他一个人扔在那里。一个好人，城堡剧院演员说，边说边拿勺子

152

吃鲈鱼汤汁。第二天，我在晚报上读到，他自杀了，在考芬格大街，我不知道他曾在那里住过，上吊自杀！城堡剧院演员抑扬顿挫地说着这个词。演员们是否都有某种自杀上吊的潜质！城堡剧院演员说。我不是那种会自杀的人，他说，不，绝对不是，绝对不是，绝对不是。但是如果我想到，干我们这行的已经有那么多人自杀了，比如这位同行，绝对有才华，城堡剧院演员说，完全具有成为伟大喜剧艺术家的才能，他说，结果自杀。我是最后一个与他谈话的人，城堡剧院演员说，我青年时代的朋友。杰出的人纷纷自杀了，他说，同时喝了一口白葡萄酒。如果一个人自杀了，那么天气总是起很大作用，他说。由于讲述在慕尼黑自杀的同行变得有些伤感起来的城堡剧院演员，现在谈起乔安娜，他说，除了他本人，在座的人都熟识乔安娜，在上一周自杀身亡，今天下午才在基尔布安葬（我想他是从奥尔斯贝格尔夫妇那里得知了这个消息）。我见过这位乔安娜，当时她在城堡剧院做一个关于形体动作的报告，我现在还清楚地记得她的样子，城堡剧院演员一时间黯然神伤，他说话的语调也变得悲痛起来。他说，一个很有天分的人，但到城堡剧院讲这种题目那是找错了地方。他在这里办的短训班并不怎么受欢迎，城堡剧院演员说，他这一年已经参加过若干次同行的葬礼，演员从未有过自然死亡，他说，杰出的卡巴莱演员也是如此，他补充道。是啊，他直接转向作家珍妮·比尔罗特，失去一个闺蜜，我知道意味着什么。但是到了一定年龄，我们会失去一切我们难以割舍的、我们爱着的人。他喝了一口白葡萄酒，奥尔斯贝格尔太太给他往杯子里斟酒。如果是很快死去还好，他说，令人不堪忍受的是那种拖延很长时间奄奄一息的状态。跌倒了就一命呜呼，这是一种幸福，他说。但我不是那种会自杀的人，他重复道。自杀的女性比男性多，他说。作家珍妮·比尔罗特立刻反驳说，不对，统计数字表明每年自杀身亡的男性比女性多一倍，自杀是男人干的事情，她说。她曾读过关于奥地利自杀情况的研究，结果表明就自杀人数占国家人口的比例来看，她说，奥地利每年自杀的人数比其他任何一个欧洲国家都多，匈牙利自杀率居第二位，瑞典第三。在奥地利，首先要数萨尔茨堡人自杀的最多。有意思的是，那些居住在最美地区的人，自杀率最高。奥尔斯贝格尔先生说，施蒂利亚人最喜欢自杀。我得说，这位此时在某种程度上可以说喝高了，显然已经坐立不安。他对城堡剧院演员说，他，奥尔斯贝格尔感到奇怪的是，城堡剧院的演员自杀的很少，其实他们最有理由这样做。奥尔斯贝格尔先生说这话时，突然大笑起来，笑他刚才所说的话，这使其他人感到相当难堪，他们看他的目光里明显带有惩罚的神色。我自己也笑了，心想，奥尔斯贝格尔这个家伙，虽然总是招人烦，但时常也不乏喜剧演员那种诙谐，以至于我这个本来不怎么理会诙谐话语的人也忍俊不禁。您这话什么意思？城堡剧院演员问奥尔斯贝格尔先生。很简单，奥尔斯贝格尔先生回答道，城堡剧院的演员们如果睁眼看看，他们的舞台演出多么糟糕，如何让他们不自杀呢？当然，您是个例外，奥尔斯贝格尔先生边说，边拿起杯子，一饮而尽。是的，您知道我要说什么吗？城堡剧院演员说，如果您对城堡剧院持这样的看法，那么您为什么还要去城堡剧院看戏呢？奥尔斯贝格尔先生立刻回答，他已经有十年没有进城堡剧院了。奥尔斯贝格尔太太立刻纠正说，两周前，她还和丈夫一起去那里观看《挥霍者》。是啊，看了出《挥霍者》，奥尔斯贝格尔先生说，差一点儿没让我当场呕吐，过后，我立刻把这出戏忘了个一干二净。城堡剧院演员愣怔着，不知道该怎么回答奥尔斯贝格尔先生。一向有人跟城堡剧院作对，城堡剧院演员说，如同一切美好的事物都免不了遭人贬损，他说。与城堡剧院敌对的，首先是那些一心想到城堡剧院发展却遭到拒绝的人。一切没有能进入城堡剧院的演员，城堡剧院演员说，都对该剧院骂声不绝，直至他们最后自己成为这座剧院的一员。事情就是这样。德高而毁来嘛。维也纳人对城堡剧院的憎恨是众所周知的事，他说，如同他们憎恨国家歌剧院一样。甚至一些剧院经理都憎恨和讥笑城堡剧院，直到他们自己通过持续的、无所顾忌的卑劣手段担任了这个剧院的经理。不，不，城堡剧院演员说，您在哪里能看到我们在学院剧场那样的演出？看不到，哪里都看不到。您想到哪里都行，没有哪个剧院能有这样的水平，哪里都没有。奥尔斯贝格尔先生说，可是您之前说过，《野鸭》这个戏，学院剧场演得不成功，只有您的艾克达尔演得很好，如评论家所说，您的艾克达尔演得十分精彩，这整出戏却不值一提。也不能这样说，城堡剧院演员说，不能说这次《野鸭》演出不值一提，尽管演得不尽如人意。即使演得不成功，也比所有我所看到的其他地方的演出要好得多，最近几年，这个剧的演出我都观看过，我当年曾经在柏林看过《野鸭》演出，城堡剧院演员说，是"二战"后此剧首次演出，在自由人民剧场。也看过席勒剧院的演出，都不成功，城堡剧院演员说，包括慕尼黑和斯图加特的演出。德国的舞台声誉是那些非专业人士吹捧出来的，这些人根本不知道戏剧是怎么回事。一切都是一些门外汉追求时尚的炒作，城堡剧院演员说。不，不，学院剧场推出的《野鸭》是我至今所看到的最好的演出，我这样说，并非因为我在其中饰演主角艾克达尔，就持有这样的偏见。学院剧场的演出，远远超出其他剧院的演出水平。我曾在斯德哥尔摩看过《野鸭》，该剧作的瑞典语名称是 *Vildanden*，城堡剧院演员说，我看了很不满意。我原以为最好的《野鸭》演出要到斯德哥尔摩去看，但是看后我大失所望。不是这样的，不要以为产生于北欧的剧本只有北欧国家剧院演得最好，不是的。我曾在奥格斯堡看过一场《野鸭》演出，感觉演得好多了。当然，《野鸭》在舞台上的成败取决于艾克达尔这个角色，艾克达尔演得不好，这个剧就不成功，整个演出就失败了。不要以为您在萨尔茨堡和维也纳才能听到最理想的莫扎特。总是存在这样的误解，以为产生在哪里的剧本，一定是哪里的剧院演得最好，不，完全不是这样。有一次，我在汉堡看过莫里哀的戏，在巴黎，从来没有把莫里哀的剧演得那么好。科隆演的莎士比亚使英国所有莎士比亚的演出相形见绌。当然谈到内斯特罗伊，您只有在维也纳才能看到好的演出，城堡剧院演员说。奥尔斯贝格尔先生插言道，但是城堡剧院除外。城堡剧院演员对他说，您这个观点可能是对的，我也表示赞同，城堡剧院从来没有成功地演出过内斯特罗伊。但是我要问，哪里能把内斯特罗伊的剧排演成功呢，肯定不会在以演民风戏著称的人民剧院。当然不是在人民剧院，奥尔斯贝格尔先生说，而是卡尔剧院，但这座剧院在约三十年前就被拆除了。是的，城堡剧院演员说，很可惜，这家剧院不存在了。他们把这家剧院拆除了，等于把内斯特罗伊也顺带拆除了，城堡剧院演员说，维也纳城市管理部门的负责人，这些头脑迟钝的家伙，应该对维也纳拆除许多剧院一事负责。"二战"后，奥尔斯贝格尔先生说，维也纳超过一半的剧院都被拆除了。是的，城堡剧院演员说，列出的理由往往是站不住脚的，令人怀疑的。最好的那些剧院给拆掉了，奥尔斯贝格尔先生说。可惜啊，可惜啊，城堡剧院演员说，您说得太对了。奥尔斯贝格尔先生说，在维也纳总是把最好的东西拆掉，维也纳人总是拆掉最好的东西，他们拆除时并不知道他们拆除的是最好的东西，只有当他们已经把最好的一切拆掉了，他们才发现已不存在的一切是多么美好。总的来说，维也纳人是拆除者，奥尔斯贝格尔先生说，拆除者，破坏者。您说得太对了，城堡剧院演员说，同时停止了进餐，让奥尔斯贝格尔太太斟上一杯酒。如果在维也纳哪一座建筑物被认为异乎寻常地美，那它就离拆除没有多远了，城堡剧院演员说。一座楼房要是建造得特别漂亮，一个机构要是运转得非常成功，那么维也纳人就一定要把它们拆除，然后心里才能平静。对待建筑物、机构如此，对待人也是如此，城堡剧院演员说，他们不愿意看到别人好、有作为，他们会迅速将其摧毁，就像毁掉一座纪念碑，他们突然之间忘记了是他们自己将它建立起来的。我的艾克达尔在某种程度上是从哲学的角度来塑造的，城堡剧院演员说。读那些评论易卜生的文章，不会使人变得明智，相反，会让一个人头脑发疯。以这种状态无法演好艾克达尔，无法走进他那复杂的内心世界，一个让演员感到很棘手的角色，城堡剧院演员说。小威利，那个格瑞格斯，退回三十年，这是很适合我的角色，也许退回二十年也行。那个时候我会很愿意演这类角色，城堡剧院演员说，但是，事情总是这样，当你觉得已经为角色准备好了的时候，《野鸭》这出戏已经从演出计划里拿掉了。格瑞格斯可能更适合我，城堡剧院演员说并环顾四周。我觉得除了作家珍妮·比尔罗特，没有人明白城堡剧院演员到底在说什么。珍妮·比尔罗特刚才承认，她也是不久前才读过《野鸭》，看过演出。归根到底应该是格瑞格斯，而不是艾克达尔，城堡剧院演员说，如果那时要演《野鸭》的话。在座的这些人肯定不明白他在说什么，他要表达什么意思。的确，格瑞格斯是我梦寐以求的角色，曾有人请我去杜塞尔多夫演格瑞格斯，当时我拒绝了邀请，我不想离开维也纳。到杜塞尔多夫扮演格瑞格斯，对于我毫无疑问是如愿以偿，但很可能也因此失去了城堡剧院的工作岗位。能成为城堡剧院演员多么荣幸，自不待说，但是，他同时也因为失去

159

扮演格瑞格斯的机会遗憾终生。这是唯一的一次机会，我一直在想，什么时候能在舞台上出演《野鸭》中的格瑞格斯？那一次邀请真正是千载难逢。这样的机会，他说，一旦失去，便不会再来。一出充满内心激烈冲突的心理大戏，城堡剧院演员边说边接过奥尔斯贝格尔太太递过来的雪茄，点燃后身体后仰靠在椅背上。奥尔斯贝格尔太太本来准备为他点烟，城堡剧院演员相当生硬地拒绝了。我们总是想要达到顶峰，但只是想没有用，城堡剧院演员说，他说这句话的语调仿佛说的不是他自己的话，而是引用别人的话，很可能是哪出戏里的台词。目前，他在扮演艾克达尔大获成功的同时，已经在准备下一个角色，他说。一出英国戏，他说，一个英国导演从伦敦来到维也纳，下周就开始排练了。这是一出英国那种充满风趣对话的喜剧。但不是王尔德，他说，不是的，也不是萧伯纳，当然不是。是一出当代戏！他高声道，一出当代戏！它让你笑，是那种深层次的、发自内心的笑！是戏剧艺术氛围自然的产物。他说，他扮演一个作家，倒插门，通过婚姻进入了高等贵族之家。这出戏不一定出类拔萃，他说，但是让你由衷地感到愉悦和欢乐，不是那种去胳肢你，让你傻笑，绝对不是那种浅薄的滑稽。完全是英式的，让你开心，又不劳累你伤神，他说。剧本翻译得很蹩脚，但是我能把它修理顺畅。要是我们能有名副其实的文学家那该多好！城堡剧院演员突然高声说道，但是我们没有，整个德国没有，就不要说奥地利了，瑞士更是不值一提。因此总是外国人来到我们的舞台上，英国的，法国的，波兰的，城堡剧院演员说。多可怜呐，他抱怨说。二十年里没有出现一部值得一读的剧作，他说。用德语写作的戏剧天才灭绝了，他说，身体又后仰靠在椅背上，朝着奥尔斯贝格尔先生吐出烟雾，弄得后者咳嗽了起来。也许，我们这个时代不是一个戏剧家生活的时代，他说，出现了一个有天分的剧作家，不用多长时间就原形毕露，根本没有什么戏剧天赋，他说，那些被媒体吹捧的舞台演出其实都是些垃圾。难以置信，今天都把一些什么人称作天才呀，今天称之为戏剧艺术的归根到底又都是些什么货色？我跟您说，您都无法想象，不得不同一些没有天分的人在一起排戏是怎样的一种感觉，几星期，有时几个月要忍受这种状况。今天戏院里的年轻人都是些娇惯出来的人，他说，报纸不断地夸奖他们，说他们禀赋好，是天才，其实他们哪里有什么才华，根本与天才沾不上边，他们身上显露出来的特点只是懒惰。今天的年轻人受到的教养，完全是片面的宠爱和极端的骄纵，而且是以最愚蠢的方式，城堡剧院演员说。正是在《野鸭》的排练过程中，我看到了这些年轻人所缺

161

乏的是什么。没有纪律性似乎成了最高的原则。但是，珍妮·比尔罗特说，格瑞格斯这个人物塑造得非同寻常。城堡剧院演员回答道，大家都说这个人物演得好，我不理解，到底这个人物演得好在哪里，我认为演员表演得非常平庸，没有任何亮点，城堡剧院演员说，让这个演员演这个角色简直就是导演的一个败笔。由于只有作家珍妮·比尔罗特看过学院剧场的《野鸭》演出，在座的其他人原本都不知道《野鸭》是怎么回事，听了很长时间，才知道这是一出戏，便都沉默无语了，只能时而点点头，呆呆地望着城堡剧院演员的面孔，或者时而侧过脸去瞧着桌布，或者没着没落地看着坐在对面的人，他们根本没有机会参与城堡剧院演员的讲述，因此，这个城堡剧院演员很坦然自如地一路讲来，没有遇到任何干扰和阻挡。相反，奥尔斯贝格尔太太一再请他讲下去，他刚演完《野鸭》来到这里，当然，他的讲话就围绕着学院剧场的《野鸭》演出以及相关的一切。《野鸭》安排在维也纳演出，应该说是个奇迹。这上半句他重复了几遍。为什么呢，因为在维也纳演这出戏要有胆量，说到底，《野鸭》是部现代戏，他说。城堡剧院演员真是大言不惭，竟把一部发表在距今正好一百年前的剧作说成现代戏，虽然一百年后它仍然如当年那样了不起，但用"现代"来标榜它，不能不说是胡说八道。城堡剧院演员说，把《野鸭》放在维也纳观众面前，不仅仅要有勇气，而且要敢于冒险。维也纳人绝不会接受如他所说的现代性的吸引，永远也不会跟着现代性走，他们最喜欢观看的只是古典剧目，可是《野鸭》不是古典戏剧，而是一出现代戏，诚然，他说，《野鸭》可能有朝一日成为经典戏剧，易卜生像斯特林堡一样成为一位经典作家，城堡剧院演员说。他有时有种感觉，与易卜生相比，他说，斯特林堡是更伟大的作家，而非易卜生，同样，有时也感到他们两位正好颠倒过来，易卜生超越了斯特林堡，易卜生比斯特林堡更有希望某一天成为经典作家。有时我想，斯特林堡的《朱丽小姐》是经典，有时又想，《野鸭》这样一部作品才是经典。如果我们过于重视斯特林堡，他说，那我们就对不住易卜生，反过来，如果我们过高评价易卜生，那我们对斯特林堡就有失公允。他本人，他说，喜欢北欧的文学作品，喜欢北欧那样的诗歌和戏剧。他也一直很喜欢爱德华·蒙克[1]，一直很喜欢，他说，他的《呐喊》，你们大家肯定也都知道这幅画，他说，一部多么杰出的作品啊。我专程到奥斯陆就为了去观看《呐喊》，他说，当时，《呐喊》还在奥斯陆。这不等于说我偏

---

1 爱德华·蒙克（Edvard Munch，1863—1944），挪威画家，表现主义画派先驱。

爱北欧国家，他说，在那里，我总是渴望返回南方，至少回到德国，他说。斯德哥尔摩是多么荒凉的一座城市啊，更不要说奥斯陆了，那是个会让人发神经的地方，他说，摧毁人的神经，让人失去自制力。哥本哈根还可以。年轻的演员都争着到城堡剧院，他说。如果有某种关系，即使没有什么天分，也会被录取，比方说，谁的叔叔或者舅舅是人民歌剧院经理，或者联邦剧院管理部的职员，他说。或者有姑姑或者婶子在教育部工作，那么侄子或者外甥在莱茵哈德戏剧学院毕业后可以马上受聘于城堡剧院，城堡剧院演员说，尽管这位亲戚本人没有什么戏剧方面的天分。于是排练场里净是这些二十岁左右的年轻人，他们这里那里坐着，没有眼力见，弄得你走路都不顺畅，他们的存在只能让你生气。这些人充其量只不过中等天分，城堡剧院演员说，在我们这座第一戏剧舞台上只能日复一日衰败和枯萎，占据着真正有天分的原本应该有的位置。我可以劝告真正有天赋的青年不要到城堡剧院，否则，他们必将在其事业刚开始的时候就走上毁灭的道路，城堡剧院演员说，同时吃了一口巧克力蛋糕配鲜奶油，我只吃了一口，心想，半夜三更吃这种食品对肠胃十分不宜，其他人已经把这份甜食吃完了，城堡剧院演员把甜食吃了一半又回头说起《野鸭》来了。他说，我本来应该去演席勒的

164

《华伦斯坦》，最开始时甚至要演新排的卡尔德隆 [1] 剧作，后来不了了之。谢天谢地，我现在得说。我本人并没有想到《野鸭》演出会如此受到好评，一种难以置信的巨大成功，城堡剧院演员说，学院剧场演出《野鸭》并大获成功，他自己都感到十分吃惊。四月份我必须到西班牙旅行，他说，安达卢西亚、塞维利亚、格拉纳达和龙达，他说，并把剩下的甜食全部吃到了嘴里。我对西班牙的渴望，他说，满嘴甜点说起话来让人几乎听不清楚，他说请原谅，把嘴里的甜食一下子吞了下去，噎得他自己也吓了一跳。最近几年，我已习惯到西班牙去旅行了，可以说，我对意大利不感兴趣了。西班牙很大一部分土地仍然还很古朴简陋，他一边说，一边用餐巾擦着胡子拉碴的嘴，甚至整个胡子，还有前额。查理五世，普拉多，他说，并环顾四周。我本人不是太懂艺术鉴赏，他说，只不过是个艺术爱好者，这是有区别的。只要想到意大利，我就不痛快，相反，脑子里一出现西班牙，心情就顿时开朗起来。在意大利，某种程度上，一切都追求登峰造极，他说，可是在西班牙，一切还远不是那么完美，在发展过程中还有宁静，我给您讲。作为一个演员，一年里出国旅行一次是有好处的，但不必

---

1 佩德罗·卡尔德隆·德·拉·巴尔卡（Pedro Calderón de la Barca，1600—1681），西班牙著名巴洛克戏剧家。

一定是非洲，也不必是加勒比。对于我来说，到西班牙就够了，尤其是拉曼查，人在那里疲劳会很快消除，让人恢复旺盛的精力。不管您是否相信，我对西班牙斗牛颇感兴趣。是不是有点像海明威？他说，的确有点像。但是，我并非如海明威那样的浪漫主义者，我是富于理性的人，城堡剧院演员说，我喜欢斗牛，不是基于美式的那种浪漫派观念，我观看斗牛，着重于技术方面，欣赏的是方式和技巧，他说。悬崖边上的游戏不可能是浪漫的，他说。一切如临深渊的事物都不是浪漫的。是的，他突然说，自杀是我们这个时代的流行病。我不是那种会自杀的人。乔安娜，西班牙名字，他重复了一遍，乔安娜，西班牙名字，然后仰靠在椅背上，问奥尔斯贝格尔先生，他最近谱曲的康塔塔是否出版了？综合出版社发行了您谱写的全部乐曲，城堡剧院演员说。奥尔斯贝格尔说，是的，我最近完成的康塔塔他们也出版了。您的康塔塔会在维也纳演奏吗？城堡剧院演员问道。韦伯恩的继承者奥尔斯贝格尔答道，可能不会，他的这首康塔塔很复杂。这里无法找到一流的演奏者。无论是维也纳音乐厅还是音乐协会大厅，韦伯恩的继承者高高地仰着头说，在全奥地利也没有一个能诠释这首乐曲的长笛吹奏者，奥尔斯贝格尔说。我听说，城堡剧院演员说，在伦敦倒是有一场很好的演出。是的，韦伯恩的继承者奥尔斯贝格尔说，伦敦是唯一能够像我所想象的那样演奏我的作品的地方，很理想。奥尔斯贝格尔太太也马上接着说，很理想，两位一连好几次重复很理想这个词，仿佛大家忽然都在说很理想这个词，只有珍妮·比尔罗特没有说。她坐在那里，已经观察我好一会儿了。在城堡剧院演员谈话期间，她射向我的目光里充满着憎恨。三十年前，或者甚至二十五年前，我坐在沙发上一边挠着她的脚掌，一边给她朗诵艾吕雅的诗歌，这种场面现在无法想象了，在她的卧室给她表演莫里哀戏剧片段，她可以说几乎光着身子坐在床上。她要求我一再表演这些片段，显然，因为我朗诵乔伊斯和瓦雷里让她觉得无聊了，要我读恩斯特尔从萨尔茨卡默古特给她写的信，她一再说，这些可以想象得到的最私密的信件，只由我来读给她听，我现在想。而她此时，如上所述，正在用她那双眼穿透我。她让我连续好几个钟点朗诵她写的一部小说，也同样使她特别感到满足，而我则烦得几乎无法克制。这部小说的题目是我给起的，叫《青春的荒芜》，后来也是以这个名称出版的。不幸得很。我想，我与这位珍妮往往好几个小时在普拉特休闲游乐场散步，有一回，还和她一起坐上摩天轮玩了一通，我给她讲帕韦泽、翁加雷蒂和皮兰德娄。与她一起多次去郊区卡格兰和凯泽米伦，我与她总是经过所谓帝国大桥到

167

多瑙河北面去，我想。她是我在萨尔茨堡大学毕业后，在维也纳认识的第一个艺术人，我想。在维也纳，她是我诗歌的第一个听众，我把自己写的诗歌朗诵给她听，没有像我原本已经习惯的那样被完全否定，她是我尝试文学创作伊始，第一个鼓励我的人，不管是出于什么理由，我现在想。我曾经爱过她，后来又憎恨她，算起来至今已有二十多年了。人们在生活道路上相逢，建立了友谊，不仅坚持多年，而且使其日益加深，直至友谊纽带断裂，之后几十年相互憎恨，甚至可能是一生一世相互仇视，我想，我和珍妮·比尔罗特的交往持续了许多年，我想。这时，城堡剧院演员忽然绘声绘色地讲起趣闻逸事来了，所谓剧场逸事，在维也纳，这些故事很受欢迎，能帮助那些即将瘫痪、濒临死亡的交际圈维持下去。维也纳大多数交际圈之所以还能在夜晚聚集几小时，讲述这些剧场逸事功不可没。根茨胡同这个圈子也不例外，虽然他们声称其聚会是"艺术家晚宴"，我想。我是通过珍妮·比尔罗特认识了奥尔斯贝格尔夫妇，也是通过她我认识了乔安娜，我想。据说，珍妮·比尔罗特有一个叔叔或者舅舅是搞哲学的，我外祖父的一个朋友也是哲学家。那是三十年前的事了，当时我处境困难，我得说，甚至食不果腹，我就去找外祖父的这位哲学家朋友，他住在希卿区马克兴胡同，当时，这个希卿

168

区的马克兴胡同拯救了我，那里有栋名叫"约翰·施特劳斯之屋"的房屋，住着我外祖父的朋友，那位哲学家，其兄弟在管弦乐队演奏圆号和巴松管。当年我到了维也纳，身无分文，饿得快要咽气，挣扎着来到马克兴胡同，怀着求生的欲望找到外祖父告诉我的那个地址，可能这是让我生存下来的唯一尝试了，我现在想。马克兴胡同救了我的命。先是让我喝了一口牛奶，然后招待我吃晚饭，最后把我介绍给住在滨河左路的一名女作家。她让我把地下室清理一下在里面住，又给了我一些钱，可以维持三天的生活。通过这位女作家，我认识了珍妮·比尔罗特，我现在想。这名帮助我渡过难关的诗人英年早逝，当时我读过她一些诗歌，对我后来的发展不无影响。我认识珍妮后，经常与她去基尔布看望乔安娜。我和乔安娜、珍妮，还有弗里茨，我们总是到铁手旅馆餐厅饮酒、用餐、玩牌，一起休闲放松。我想，归根到底，是珍妮让我了解了二十世纪所有重要的作家，把他们的书给我读。当时的珍妮，我想，不是现在坐在我对面沉默地恨着我的这个珍妮。她当年在这方面对我的帮助很大，而我在某一天却离开了她，为了避免自己被她吞没，我现在想。假如我没有及时离开她，就是说在我与她的关系处在顶峰时，那么我肯定就被她吞没了，被她灭掉了。于是我断然决定不再去找她了，她仍在等着我，徒劳地等待。回想我与她相处的日子，几百个下午，当她的恩斯特尔在化学所工作时，我来到她那里，关上窗帘，我们相互朗读二十世纪重要的作家作品，我现在想。恩斯特尔下班回来，我们一起吃晚饭，冷餐，或者把之前做好的匈牙利炖肉热一下，味道极佳。每逢恩斯特尔感到累了，上床睡觉去了，她就要求我再次为他朗读乔伊斯，或者圣-琼·佩斯，或者弗吉尼亚·伍尔夫，直到我读得精疲力竭，我现在想。我总是夜里两三点钟才离开她家，脑袋里尽是世界文学，经过拉德茨基大街，沿着多瑙河回到韦灵。我们多年跟一个人亲密交往，我想，同时注视着珍妮的脸，最终对这个让我们痴迷的人产生了依赖，不仅毫无保留地爱上了对方，甚至完全把自己交给了他，如果我们以为要离开他，如我当时想的那样，与其做个了断，不再来往了，不说理由是什么，就此斩断了关系，从此回避他，再也不与此人见面，并开始蔑视他，甚至憎恨他，在这种情况下，如果在某处与其相逢，就会引起一场异常强烈的情感波澜，我现在想，并且无法克制。我对在基尔布葬礼上遇到的所有其他人，在某种程度上，都无动于衷，我现在想，包括奥尔斯贝格尔夫妇，但是，珍妮就不一样了，一旦见到她，我的心情立刻激动不已。我去基尔布之前，想到会遇见哪些人，唯独没有想到会邂逅珍妮。没有想到相逢是如此可怕。她出现在基尔布公墓，竟然向我伸出手来，甚至还对我微笑，我现在想，那是一种可以说置你于死地的微笑。但是，在基尔布公墓，很可能我对她的微笑也是如此。我恨她，瞧她站在敞开的墓穴旁那副模样，仿佛她是死者至交，甚至是过命朋友，我现在想，她比任何人离墓穴都近，用手灵巧地从教堂侍从举起的铁铲里抓起土，撒到墓穴里。当年，在她将把我弄死之前，我想那是三十年前，我及时地逃离了她，不再去她的寓所，像俗话所说的那样，溜之大吉。我并非那种卑劣的小人，我之所以这样做是为了必要的防卫，是出于对灭顶之灾的恐惧，我现在想，我不求别人原谅我的行为，要的只是自己能够原谅我自己。我们在恰当的时刻认识了一个人，从他那里获取了之于我们十分重要的一切，我想，又在正确的时刻离开了他，我想。我就是在恰当的时刻与珍妮·比尔罗特相逢，在恰当的时刻又离开了她，我想。正如我总是在恰当的时刻离开所有的人。我们跟随一个人，如珍妮，走进她的精神和情感领域，在一个时期里接受其在这方面的给予，当我们认为，我们接受的足够多了，不再需要了，便断绝了与此人的关系，如同我干脆利落地离开珍妮。我们多年榨取人家的一切，突然我们说，这个被我们几乎榨取了一切的人在榨取我们。这种卑劣行径会折磨我们一辈子，我现在想。我离开珍妮后，立刻奔向奥尔斯贝格尔夫妇，实际上是奔向乔安娜。当时几乎我的一切皆归功于珍妮，但是，我与人家一刀两断，把人家弃置不顾，选择了奥尔斯贝格尔夫妇，选择了乔安娜。头两年，我待在让我着迷的奥尔斯贝格尔夫妇那里，然后来到乔安娜身边，实际情况就是这样。在我冷落了奥尔斯贝格尔夫妇并离开他们的那个时刻，我得承认，立即迅速奔向乔安娜。我先是在内心里，尔后是外表上也放弃了根茨胡同和玛丽亚-扎尔，奔向塞巴斯蒂安广场。在我从珍妮那里，并且通过她了解了二十世纪文学之后，我得承认，尔后在奥尔斯贝格尔夫妇那里，这方面知识又得到难以设想的大幅度扩展。也就是说，通过珍妮，通过奥尔斯贝格尔夫妇，文学艺术，尤其是二十世纪的文学艺术对我来说已无秘密可言，我全力以赴地投入视觉艺术，以极大兴趣关注它，当然特别关注表演艺术，因为这是乔安娜的特长，是她的天分所在，关注舞蹈艺术，关注舞蹈和芭蕾舞动作设计，我现在想。回想起来，我这个发展过程还是很理想的，我现在坐在珍妮的对面想，我让自己走上了这样的发展道路，我想，不是我走的这条成长道路对我绝对特别理想，而是我自己走上了这条理想的、对我特别合适的艺术家发展道路，我现在想。我对这一点很满意，不知何时，竟然也不知不觉地把艺术家这个词挂在了嘴上，我想。我的发展道路真是理想得不能再理想了，真是太合乎逻辑了。你看先是遇到了女作家珍妮·比尔罗特，然后与奥尔斯贝格尔夫妇相识，最后与乔安娜密切来往。在珍妮那里遇到了搞化学的恩斯特尔，在乔安娜那里遇到的是壁毯艺术家弗里茨。一路走来是多么幸运啊，现在想起来，的确无法设想还有比这更幸运的发展过程了，我现在想。然而，我现在仍然憎恨珍妮，这个坐在我对面的女人也憎恨我。我憎恨这样一种憎恨，我想应该分析一下这种憎恨，但我没有任何兴趣进行这种分析，我想，这位珍妮可能在心里早就分析过了。这样一个人，到头来只写些毫无价值的煽情小说，还有同样毫无价值的煽情诗歌，最终，完全陷入小市民那种精神粪窖里，我想。我们在多年里尊崇一个人，直至我们忽然之间憎恨他，而我们这样做的初始，并不知道为什么，我想。这样一个人，我们长时间地敬佩他，甚至爱戴他，他让我们睁开眼睛看一切，看世界，尤其是看艺术世界。到头来，他自己却在制造如此糟糕的东西，让人不堪入目的浅薄庸俗的货色。可是他口头上总是不停地讲高尚的艺术品位，多年里一直指引我们进入高雅的艺术境界，教育我们提高我们的艺术鉴赏力。我们完全不明白，这样一个人的艺术创作如此毫无价值，如此令人厌恶，我现在想，我们无法原谅他，因为他用这些冠冕堂皇的词语欺骗了我们。珍妮就是用她的浅薄和二把刀蒙蔽了你，我一边心里想，一边看着她如何厌恶地、憎恨地注视着我。城堡剧院演员仍然还在讲述，身子靠在沙发椅上，像在场的其他人一样。我想，长时间坐在餐桌旁，身心变得僵化和迟钝的这些人，等待着奥尔斯贝格尔太太过来宣布撤席，招呼他们回到音乐室里。听维也纳人讲他们的逸事和掌故是我最厌烦的事情，我却不能不硬着头皮听这些不伦不类的东西，我想。我忽然觉得奥尔斯贝格尔家的餐厅像停尸房，也许因为奥尔斯贝格尔太太这时候把电灯完全关掉，只开着那些帝国风格的台灯，用烛光照着餐桌。整个餐厅只能显现出个轮廓，原来那种纯属变态的美消失了，如我想的那样，这种刻意制造的所谓美，如同悲戚的戏剧舞台上常有的那种阴郁和朦胧，与这伙此刻聚会在这里的人倒是很般配。这伙人的确在焦急地等待奥尔斯贝格尔太太的手势，让他们起立去音乐室，坐在比较舒适的座位上。这些人先是由于乔安娜的去世，这是主要原因，加之尔后数小时葬礼上的悲哀气氛，我想，他们那压抑的情绪已不堪忍受了。事实上，现在甚至城堡剧院演员也没有兴趣讲述什么了。他松动领带结，把衬衫最上面的扣子解开，嘴里嘟囔着新鲜空气。奥尔斯贝格尔太太立刻起身去打开窗户，她打开向院子的窗户，从这儿进来的空气比朝大街的窗户进来的空气要新鲜些，然后走进音乐室，复又出来，重新坐到餐桌旁。她说，乔安娜与众不同，她做的一切我都可以想象，唯独没有想到她会自杀。城堡剧院演员又把话题转到他的那个去慕尼黑发展的同事，据他说，这个人从一开始就是一个不幸的人，所有自杀的人，城堡剧院演员说，都是不幸的人，不幸的程度各有不同，但一直感觉不幸，最终导致自杀身亡，实际上，他们这样做并不让人感到吃惊，他说，他觉得当初联邦剧院管理部让乔安娜到城堡剧院教演员如何在舞台上行走，这个主意无比荒谬。联邦剧院管理部的官员总是想出些馊主意，他说，他们的出发点是要帮助像乔安娜这样的一些人，但是，采取的具体措施总是荒唐的，城堡剧院演员不会走路吗？他们会走路，也会站立，也会坐，也会躺卧，他说，他想起维也纳一个喜欢小题大做的评论家一次在《新闻报》发表的观点，认为城堡剧院演员不会走，不会说，或者至少不会同时走和说。看到这样愚蠢的观点，联邦剧院管理部竟然立刻把这个鸡毛当令箭，张罗着安排人来教习城堡剧院演员走和说，他说，他们甚至还请人来专门教城堡剧院演员如何说话，荒唐到极点，城堡剧院演员说。如果这样做对我们这位亲爱的亡故者有所帮助的话，那还是有点儿意义的。城堡剧院演员说这些话时，我想起

175

珍妮在基尔布葬礼后的卑劣表现。当葬礼结束去找杂货店老板时，她把一张百元先令塞到老板手里，说是为了感谢其从基尔布打电话通知她乔安娜去世的消息。离开敞开的墓穴还没有十步远，珍妮就把那张百元先令塞到老板手中，我想，这种做法何等无聊，必定让杂货店老板感到蒙受羞辱，事实上，这位的确也因此颇为不快。像杂货店老板这样一个人，把朋友去世的消息打电话告诉死者的另一个朋友，就为这个，怎么会想到要对方付钱。珍妮这种极其无聊之举并非个例，她总是爱做这样的事情，多少年过去，似乎依然故我。她这样做还嫌不够，当我与杂货店老板到铁手旅馆餐厅，想在葬礼之后谈关于乔安娜去世前的情况，珍妮也出现在那里，并且毫不迟疑、自作主张地向参加葬礼后来到铁手旅馆餐厅的人为可怜的约翰募捐，说约翰现在孤零零一个人了，要支付与乔安娜葬礼相关的一切费用，而他自己这会儿分文不名，如何负担这样一笔开销？她说她本人作为发起者首先捐献五百先令。珍妮一向喜欢扮演乐善好施者，我现在想，这一点让我特别讨厌。她所做的不是那种真正的乐善好施，而是对社会救济哗众取宠地玩弄。她的特性就是置他人的感受于不顾，一辈子就是让这种难以捉摸的性格左右，只要达到目的，不论采取任何手段，所以在基尔布乔安娜葬礼后做出这种事情来。她恬不知耻地拿起一个空雪茄盒，把自己拿出来的五百先令放在里边，走到每个人面前去募捐，像街头要把戏的手拿着倒置的礼帽向观众要钱一样，脸上的那种表情是不会让人心甘情愿掏腰包，援助可能的确处在穷困境地的约翰，相反，倒是会让人恨不能抽珍妮几个嘴巴。她举着雪茄盒，来到一个个参加葬礼的人面前，注意地看着她这种举动的牺牲品，准备拿出多少钱，最终把多少钱放到了雪茄盒里。大家都觉得珍妮的这种行为十分无聊，但谁都没有说什么，偏偏是奥尔斯贝格尔先生，这一点很值得注意，发表了看法，我现在想。他当时突然冲着珍妮说，你这样做多么无聊，多么无聊，多么无聊。他真的说了这句话，而且还重复了两遍，就是说连着说了三遍，同时，把一张千元先令扔进了雪茄盒。最终募集了几千先令，还有我给她的一百二十英镑。珍妮走到约翰、杂货店老板和我坐的桌前，把雪茄盒里的钱倒在约翰身前的桌上，她当时的样子仿佛这是她的钱，是她的作品；的确是她的十分无聊的作品，我现在想，这些当然绝对不是她的钱，是她的无聊，我当时在自己心里说，没有像奥尔斯贝格尔先生那样说出来。没有把已经到了舌尖上的那个恰当的词语"可恶"说出来。维也纳的伍尔夫，我当时想，她利用约翰又一次在大庭广众之下显摆自己，丝毫不考虑她这样做让约翰多么难堪，那时候的约翰很可能处于一生中最窘迫的境地，我今天还清楚记得，当时的约翰恨不能钻到桌子底下，这对他来说当然是不可能的。像珍妮·比尔罗特这样的人，他们至少应该具有高度艺术悟性吧，但是涉及实际生活，与人打交道，却完全没有一个普通人那样的本能，我想。这不仅使她在二十年的时间里，由一个原本甚至可能聪明的、绝对很有禀赋的艺术人变成一个肆无忌惮的小市民，一个十足的伪君子，我现在想。但是这个伪君子其实已经早就出现在她的身上，我想，只不过在三十年前或者二十年前还没有如此集中地表现出来，还没有让人像今天这样感到可恶，感到败兴。我想，当时我还没有发现她的负面，她的内里，她那让人无比反感的性格。我们长时间总是只看到一个人的一个方面，出于生存本能，根本不愿意去看另外一面，我想，直到我们有朝一日看到这样一个人的方方面面，无比厌恶地离他而去，我想。我在铁手旅馆餐厅坐了两个多小时，然后才告别。之前，珍妮和奥尔斯贝格尔夫妇已经返回维也纳。我现在在眼前又出现了那个制作得很张扬的松枝花圈，银光闪闪的饰带上印有"珍妮送"的字样，教堂侍从把这花圈摆放在敞开的墓穴旁明显的地方，以至于大家在花圈摆放处都能看到这唯一的署名；我不认为这是珍妮授意教堂侍从，把她送的花圈摆放到最显眼的地方，我的确不这样认为，但事实是，偏偏这个标有"珍妮送"的花圈摆放在最佳位置，我觉得这个细节典型地反映出珍妮在基尔布葬礼上的整个表现。她也是唯一一个与当地人一起大声祈祷的人，这让我几乎无法忍受，联想到珍妮并非天主教徒，至少在我面前，她对基督教也持贬低态度。她装作虔诚，葬礼上她的这种举止让人十分反感，没有任何人像她以这种方式假装虔诚，我想。她在基尔布的所作所为，仿佛她是乔安娜最好的朋友。据我所知十多年前，她就把乔安娜扔在了一边，恰好在那个壁毯艺术家离弃乔安娜的时候，她与乔安娜分手了。就是说，在塞巴斯蒂安广场标志性艺术家弗里茨把乔安娜丢下不管时，珍妮也离她而去。那个时候正值塞巴斯蒂安广场所谓暗淡、凄惨之际，不再有热闹的聚会、艺术家的交流，来这里已不像往常总是有所斩获了。她自诩乔安娜最知心的朋友，实际上早在十多年前她就背叛了乔安娜。现在她在花圈上标有"珍妮送"字样，企图以此掩盖她对朋友的不忠诚，我想，我还想到她恨我，因为我违反她的意志，竟然成为作家，不管是怎样的一名作家，总之，是一名作家了，成了她的一个竞争者，而非如她所希望的那样，成为演员，或者导演。她当年介绍我与乔安娜相识，可能就是出于这种动机，让我朝舞台艺术方面发展，我想，她无论如何也要阻止我成为作家，我想，现在我是作家了，因此她恨我。在她眼里，我让自己成为作家，那是犯了滔天大罪，她就是这样想的，是的，是的，是的，我不得不一再这样说，是的。要不然她为什么总要阻止我当作家呢？我想。我想到，在最近二十年里，她怀着怎样的憎恨，用她的杂志《当代文学》目不转睛地盯着我，诋毁我发表的一切作品，至少总是试图这样做。如果她不亲自动手，在她的杂志上用那些卑劣的言辞发表污蔑性的文章，她就会毫无顾忌地唆使其他人，即那些依赖她养家糊口的写手来对付我。但是，如果我对此激动和恼怒则是可笑的，对于这种愚蠢行为，我若大动肝火，的确只会把自己弄得很可笑，我多次这样对自己说，声音适度，只是让自己能听到自己这样说，你把自己弄得很可笑，你把自己弄得自己都觉得很可笑，你把自己弄得自己都已经觉得很可笑了。你是一个多么可恶的人，我对自己说，在心里这样说，不让任何人听得见，越说，情感的波澜越难以抑制。是你背叛了珍妮，不是珍妮背叛了你，我多次这样对自己说，一再重复这句话，直到我精疲力竭。已经是第二天凌晨两点半了，人们都还坐在餐厅里。城堡剧院演员还在讲述，其他人还在听，实际上，在整个"艺术家晚宴"期间，只有城堡剧院演员在讲话，其他人太疲劳了，提不起精神搭腔了，只有珍妮·比尔罗特时而插进

180

来说些什么，我认为都是不太恰当、让人不置可否的话，有几次，甚至浅薄得近于卑劣。奥尔斯贝格尔先生和奥尔斯贝格尔太太也只间或说上点什么，参加晚宴的其他人，也有七八个、十一二个人，整个时间都没有说什么话，好长时间我不知道到底来了多少人，是否我都认识，当然这些人我都认识，但我在心里没有要与他们交流的意思。他们在这儿，整个时间里不过是布景，或者陪衬，我想。对一个人来说，其他大多数人的确都是无所谓的，我好长时间坐在这里都在想，几乎我们遇到的所有的人都不会让我们感兴趣，他们能提供给我们的，只有群体的可怜和愚蠢，总是处处令我们感到无聊，我们自然无法喜欢他们。在我们面前，他们自己就自惭形秽，把自己弄得成为没有个性的芸芸众生，我想，如果我们回顾历史，这样的人成千上万，人山人海。我现在想，像城堡剧院演员这样的著名人物，他们的谈吐可能何等言之无物，让人烦躁透顶，我看到他突然打起哈欠，然后奥尔斯贝格尔太太，接着奥尔斯贝格尔先生也打起哈欠，最后他们大家都打起哈欠来了，只有珍妮没有，还有我也没有，我们俩面对面，谁都不能不注视对方。这位维也纳的伍尔夫，其实归根到底，她只不过是恩斯特尔的妻子，就是那个搞化学的老婆，六十岁就变老了，别人七十岁或者八十岁也不像她这样，我想。

脑子里突然出现《青春的荒芜》这本书，她在里边写了些什么乱七八糟的东西，还自以为属于世界文学，殊不知，只不过是小市民那种低级趣味的呈现。她恨你，我心里说，你蔑视她。事实就是如此。她为什么憎恨你呢？不仅仅因为你在二十多年前，二十五年前，离开了她，不仅因为你是作家，而是因为你比她年轻十岁，像她这样的女人，是不能允许她比你大十岁的，我想。我离开了她，和她的那位恩斯特尔，离开了他们住的维也纳第二区，转而奔向乔安娜，离开了比我大十岁的作家，来到只比我大六岁的舞台动作设计师面前，她身边的男人不叫恩斯特尔，而叫弗里茨。不管怎么样，珍妮身边的男人至今仍是恩斯特尔，乔安娜的弗里茨在她去世前十年就弃她而去，我想。现在珍妮比二十五年前或者二十年前更加恨我，她是以空前绝后的方式恨你，我在心里说。话又说回来，如果奥尔斯贝格尔夫妇在格拉本大街上对我发出邀请时，说他们也邀请了珍妮参加"艺术家晚宴"，那我绝对不会到根茨胡同这里来，不会，怎么说也不会来。我总是犯这样的错误，人家邀请我，而我却不问还邀请了另外哪些人，我想。假如我问了，他们说还邀请了珍妮·比尔罗特，我就根本不会到根茨胡同这里来参加什么"艺术家晚宴"，而我一下子就再次落入根茨胡同的圈套，我想，三次、四次、千次，我想。

我本来应该想到根茨胡同举行这样一次"艺术家晚宴",而且是在乔安娜葬礼这一天,珍妮当然是要来的,我想,当然是一个人来,不跟恩斯特尔一起来。她拜访艺术家从来不带上恩斯特尔,我想,那个人对艺术家以及相关的一切毫无兴趣;珍妮感兴趣的他从来就无动于衷,我得说,他从来没有对珍妮感兴趣的事情感到兴趣,他感兴趣的只是化学,他对珍妮的兴趣是珍妮本身,岂有他哉,总而言之,恩斯特尔感兴趣的只有他的化学,以及与珍妮共同的床铺,我想。恰恰是在今天这样的日子里,我不该和她遭遇。因为她现在给我施加的影响绝对是破坏性的、毁灭性的,而且,她立刻觉察到了,不再放过我,我现在不可能逃离她,是的,我现在可以站起来走掉,但在这个夜晚,我太软弱了,实在做不到,另外,我也想到,我能够在根茨胡同熬过这个夜晚,我难道不是已经熬过了几百个这样的聚餐会、几百个根茨胡同这样无法忍受的夜晚吗。无论怎样一个夜晚,无论它怎样折磨人,我最终不还是都挺过来了,我想。城堡剧院演员到音乐室坐到靠背椅上,当然,他是第一个这样做的,然后,其他人才在音乐室的各个角落里落座。啊呀,我想,这一回真的又是我最后一个从餐厅来到音乐室,某种程度上可以说是我把自己拖过来的。现在谁知道呢?可能奥尔斯贝格尔太太要唱一两首咏叹调了,但我希望，已经凌晨三点了，她就不要展示她的歌唱艺术了。虽然奥尔斯贝格尔先生已经把《普赛尔曲集》打开了，但她没有唱。我实在太疲惫了，不能再听她唱了，我得承认她的歌唱很有魅力，她的嗓音很美，我最后一个在音乐室一把靠背椅上坐下，我想，可能是那种在任何时候我都会直截了当赞美的音色。音乐室也是按照帝国时代风格布置的，像三十年前一样，摆满了珍贵的家具，今天这些家具价值连城，是普通人无法问津的，是奥尔斯贝格尔太太从父亲那里继承下来的，她父亲当年从施蒂利亚把这些家具带到了维也纳，或者从玛丽亚-扎尔运到这里，在维也纳当地还购置了一些，并没有花费太多的钱。她父亲认识维也纳第三区一名古董商，据我所知，这个商人由于某种原因自称经营旧货生意，但实际上他买卖的都是珍贵的物件。多年里，奥尔斯贝格尔太太的父亲与这名古董商保持着密切的交易关系。奥尔斯贝格尔太太的父亲为他看病，作为回报，他把能够搞到的许多约瑟夫皇帝时代的以及后来帝国时代的家具赠送给奥尔斯贝格尔太太的父亲，不收分文，还有毕德迈耶时期特别精美的室内用具。三十年前，我想，我很喜欢这个房间，这是我看到过的最美的约瑟夫皇帝时代样式的房间。但是，我后来回想起来，那房间布置得过于完美了，以至于令人难以忍受。现在，我在这个房间环顾四周只觉得浑身不舒服，也许是因为在过去的几十年里，我的审美发生了变化，对尚古的装饰风格不再那么青睐了，对老式家具早就没有以前那么大的兴趣了，不仅如此，甚至转化为厌恶和憎恨。人们以古代风格布置居室，里边的家具已有几百年的历史，时兴这些家具的年代跟你毫无关系，仅此一点，这些人就透着虚伪，我想。他们这样做，实际上表明，他们对付不了自身生活在其中的时代，不得不用早已过往、早已逝去年代的家具来帮衬自己，以期如人们常说的那样免遭灭顶之灾，我想，人们用古代家具装饰房间，说明他们心中缺乏自信，精神上过于虚弱，无法忍受他们所属时代的艰辛和残暴，我想。他们用已经逝去的、不可能再产生任何抗争的那种柔软围绕着自己，我想。人们总是高看奥尔斯贝格尔夫妇，认为他们有品位，实际上他们从来没有，他们的所谓审美品位是模仿来的。他们从来没有自己的审美，也没有自己的生活。实质上，他们的生存状态也不是他们自己的，归根结底，只是一种模仿。奥尔斯贝格尔夫妇的这种情况令我十分厌恶，我想。他们家中那些聚会的主人其实不是他们自己，而是那些前几个世纪的家具和珍贵的古董；在聚会上说话的不是他们自己，而是他们的家具和他们收藏的艺术品，是他们的钱财，我想。就好比这个晚上，这个夜晚，他们不是自己在说话，而是让他们的家具、他们的钱财说话，我想。想到这里，我深深意识到他们是多么可怜的人。他们，奥尔斯贝格尔夫妇，总以为人们聚在他们周围是钦佩他们，是他们的人格魅力使然，殊不知人们到他们这里来，是赞赏他们的家具和他们收藏的艺术品，如果说也同时赞赏他们，只不过是因为他们对这些物件巧妙的布置和摆设。他们以为人们来到他们身边是出于对他们的钦佩，实际上，人们赞赏的不过是他们那些古色古香的箱柜、桌椅、沙发，以及挂在墙上的许多油画，是他们的钱财，我想。如果你觉得是他们的财富，以及建立在此基础上的他们在某种程度上可以说不知羞耻的生活方式，吸引人们聚集在他们周围，那么这个想法绝对是有道理的。人恃衣裳马恃鞍，前几个世纪的家具和珍宝为其所有者增光添彩，令人仰慕，我想。但是现在音乐室的光线很暗，无法看清任何一件珍贵藏品，我想，我也根本不想看。这些物件在今天一定会让我憎恶，这个晚上，这个夜间，我觉得整个根茨胡同他们这个变态的住所都让我感到憎恶。映入眼帘的处处都是完美的展示，这能不让人倍加反感吗？我想，就像一个家庭居室的布置，如果一切都完美得如人们常说的天衣无缝，找不到任何瑕疵，或者说根本就不可能有瑕疵和失当之处，这样的居室怎能不令人憎恶。对这样的居室我们会立刻产生反感，住在里面绝不会有家的那种舒适感觉，我想。但是，三十年前不是这样，那时我第一次来到他们家，因涉世浅，会被眼前的景象顿时弄得在某种程度上魂不守舍。城堡剧院演员现在如同一位陆军大元帅望着远处，我想，胃里的负担让他停止了夸夸其谈，人安静了下来。他的整个姿态突然看起来像个军人，我想，他那叉开的双腿，那刀刃一样的裤线，只有高级军官的裤子才有，我想，将军、陆军大元帅才配有这样的裤线。奥尔斯贝格尔太太端着盛着白葡萄酒的玻璃酒壶走到每个人面前，所有的人这会儿都累了，没有兴趣再喝葡萄酒或者别的什么饮料，只有奥尔斯贝格尔先生还在喝酒，可以说不停地在喝，可能不久他又得进卡尔克斯堡戒酒所了。我边想边从一旁观察着他，太阳穴部位已然塌陷，脸颊显得浮肿。如果这种情形还不那么令人厌恶，那么，我还觉得他这个人很怪诞，但我不能这样想，因为我深深地为他的状况感到惋惜。我边从侧面看着他边想，这个人，你曾经在某种程度上可以说热爱过他，你曾经如人们常说的那样，甚至痴迷他、被他征服。现在，这个因过量饮酒而虚胖的人坐在你旁边，只能通过时而发出的含糊的喃喃声引起人们的注意。他又穿着那双怪异的毛线长袜，我想，还有那件俗气的粗呢农夫外套，里边是刺绣得很花哨的纯亚麻衬衫，穿在他身上比在其他人身上

187

更显得滑稽可笑。他这种不伦不类的样子，让奥尔斯贝格尔太太很难受，但又无法改变。一个小时前，她就已经想让她丈夫离开，让他回去睡觉，但都没有办到。奥尔斯贝格尔先生手里拿着盛得满满的酒杯，把她推到一旁，撞到了她的眼睛，同时酒也洒了一地，整个晚上都像三十年前一样，称她为笨鹅。他们夫妇这种样子，我并不陌生，这种情形在他们那里并不算多么离谱，我早就见识过。他们经常闹得比这更加厉害。奥尔斯贝格尔先生把酒杯扔到了墙上，弄坏了靠墙摆放的帝国风格的沙发椅。损坏的家具得让人送到市中心一家古董家具修复店去修理，他们经常有这种需求，是这家修理店的老主顾。这位奥尔斯贝格尔先生时不时还能够说点儿什么，甚至能够完整地说个句子，比如，人类该被斩草除根，就这句话他说了好几次，引起了音乐室诸位客人的注意，他一再一字不差地重复这句话，好似数学一般精确的音乐旋律在反复。他还说这个社会应该消亡，或者我们应该相互搏命。我太熟悉他这些句子了，不会觉得特别刺耳，今天晚上听起来也不会让我感到尴尬，也许那些还没有听过他说这些话的其他人会感到难堪。城堡剧院演员就是这样的一位，他对奥尔斯贝格尔先生说，亲爱的奥尔斯贝格尔，您这是怎么了？为什么如此激动呢？这个世界仍然是美丽的，人仍然是善良的，是什么让你如此光火，把一切都弄颠倒了。实际上，一切不仍然还是井井有条吗？不仍然还是让人着迷吗？城堡剧院演员说。稍停，他又说，您怎么喝得几乎失去知觉了呢？他摇摇头，重又吸了一口奥尔斯贝格尔太太递给他的雪茄。珍妮·比尔罗特在音乐室仍坐在我对面。她沉默着观察城堡剧院演员和奥尔斯贝格尔先生之间发生的这一幕。珍妮三十年前，或者说二十五年前，比爱我更深地爱着奥尔斯贝格尔先生。在餐厅里，珍妮就想跟城堡剧院演员对话。是那种她一向称之为精神交流的谈话，但一直没有达到目的。城堡剧院演员的确没有注意她谈到的问题，或者说无意深入与其探讨。实际上，这个演员根本不想与她交流，没有给她任何机会展开对话。城堡剧院演员宁愿聚精会神地品尝梭鲈鱼，津津有味地讲笑话和逸闻趣事。珍妮一有机会就强调说，她与人打交道是为了进行精神交流，这是她与其他人聚会的唯一理由，但是，到底什么是精神交流，她从来就没有准确的概念，常常甚至连大概其的设想也没有。她可能想，一个城堡剧院的演员和她之间应该能产生这样的对话，但她弄错了。城堡剧院演员在这天晚上干什么都可以，就是不想与他人进行所谓的精神交流，甚至日常生活中涉及精神层面的，他也不愿意谈，更不要说把话题引向他的本行了。珍妮多次试图让城堡剧院演员离开既定的、储备好的

189

谈资，转移到她的话题上，其实她不知道，城堡剧院演员这方面根本就没有什么储备，也不可能有什么积累和储备，我想，这名城堡剧院演员与所有其他城堡剧院演员一样，都是愚钝、蠢笨的演员，他们思想狭隘、头脑贫乏地活动在舞台上下，年复一年碌碌无为地老去。你看他那张脸上什么都没有，看不出哪怕一点点可以称其为精神的迹象，我对自己说，珍妮看不出来。她要求一个演员谈论剧院，谈论表演，就是说，让他谈论他的全部生活，她的这种要求不免唐突。没有人愿意，说到底，没有人想认可和容忍他人对自己提出这样的要求，谈论他赖以生存的东西，这是他的职业，或者如人们所说的，是他的使命。珍妮本人其实总是拒绝谈论写作，我也是这样，作为作家，我当然最憎恶的就是要我谈论写作，我一向都拒绝这样做，为此我得罪了不少人，我想。她也活该自找无趣，谁让她不设身处地想想，首先你得心中有数，向谁应该提什么样的问题。我的确感到最令我厌恶的就是要我谈写作，尤其是谈论我自己的写作。珍妮徒劳地以为她可以与城堡剧院演员谈论城堡剧院的戏剧表演，我想。在珍妮身旁坐着的是文理中学教师安娜·施雷克尔，这位我也早就认识，在奥尔斯贝格尔夫妇那里，总是在根茨胡同，从来没有在玛丽亚-扎尔，我经常看到这位中学老师，总是由她那写诗的伴侣陪同，我想，当时，三十年前，她说话总是带着那种令人讨厌的嘶嘶声。关于这名中学教员、作家，人们总是说她是奥地利的格特鲁德·斯泰因[1]，或者奥地利的玛丽安·摩尔[2]，而实际上，她就是奥地利的施雷克尔，一个不知天高地厚的维也纳地方作家，我现在想，这名中学教师施雷克尔五十年代开始写作，走的道路大体上与珍妮相同，从一个有天分的写作者变成令人作呕的所谓国家艺术家，从一个模仿他人写作的少女作家变成模仿他人写作的体态发福的高龄女士。这是一条平平常常的发展道路，不是那种奋发图强奔向天才之路，我现在想，就像珍妮从痴迷弗吉尼亚·伍尔夫变成只会摆出一副弗吉尼亚·伍尔夫的架势，没有弗吉尼亚·伍尔夫的气质和精神，施雷克尔也是从痴迷玛丽安·摩尔和格特鲁德·斯泰因，变成只会摆出一副玛丽安·摩尔和格特鲁德·斯泰因的架势，最终只不过从形式上学到一点皮毛。珍妮和安娜·施雷克尔这两个人，还有后者的伴侣，从开始起步时对文学的激情和期盼，到不久进入令人不齿的、巴结讨好国家的轨道。于是，这三位以同样令人厌恶的方式，与有关的市议员、部长和其他

---

1 格特鲁德·斯泰因（Gertrude Stein，1874—1946），美国作家，文体学家，文学评论家。
2 玛丽安·摩尔（Marianne Moore，1887—1972），美国诗人。

所谓文化官员密切接触，在六十年代初，我想，这三个人由于与生俱来的性格颓势，在我看来，突然死亡，一夜之间，发生了一百八十度的大转弯。原本他们总是十分轻蔑地贬斥的可恶、可恨行径，如今成了他们自己的写照。无论安娜·施雷克尔还是珍妮，我想，由于她们公然巴结讨好国家机器，不仅背叛了自己，也背叛了整个文学。我当时就这么想，今天也这样想，这种行为我不能原谅，永远也不能原谅。不清楚的是，她们两个谁在这方面更卑鄙无耻。在五十年代，她们在我面前总是把讨好国家的行为斥为最令人不齿的肮脏和下作。然而无论是安娜·施雷克尔还是珍妮，突然，在六十年代初，双双爬进了她们几年前还极其憎恶的猪猡的烂泥塘。五十年代，当时我才二十岁，她们称国家为平民百姓最根本的不幸所在，我得说今天仍然如此，但是她们在六十年代初就肆无忌惮地屈从于国家，背叛了自己的意志，我想。施雷克尔和珍妮，我想，在六十年代初就把自己一股脑儿出卖给了可恶又可笑的国家。主要出于这个理由，我与珍妮分手了，从那一刻起与她再没有什么联系了。施雷克尔从来就没有进入我的关注中心，但是，我还是把她和珍妮联系在一起，在思想和性格上她和珍妮如同姐妹。如果说珍妮一向痴迷弗吉尼亚·伍尔夫，就是说，染上了维也纳普遍存在的膜拜伍尔夫的狂热，那么施雷克尔则痴迷玛丽安·摩尔和格特鲁德·斯泰因，染上了膜拜摩尔和斯泰因的狂热。这两位，珍妮·比尔罗特和安娜·施雷克尔，在五十年代，很可能是真正意义上的痴迷和病态，可在六十年代初，突然将她们在文学上的痴迷和病态变成了一种姿态，一种做出来给那些慷慨地掌握着国家钱财的政客看的文学姿态。在某种程度上可以说，她们肆无忌惮地一夜之间丢弃个性，将自己心中的文学杀死，全力以赴地追求一种卑鄙无耻掠夺国家钱财的生存方式，是的，我不得不把这两位称为狡猾的国家钱财的掠夺者。在最近几十年，她们不放过任何机会，对她们多年来一直贬斥和诋毁的国家，施展起随机应变、投机取巧的伎俩。她们利用某些官员慷国家之慨的变态心理，这些掌权者，他们需要那些伸过来的乞求的手满足他们的虚荣心。在这个国家，在这十五年里，无论是什么地方，即便是犄角旮旯，只要哪里能拿到什么，都能见到她们的身影。在这个国家里，那些口袋里满装着国家金钱的政客无论在哪里极其厚颜无耻地出席文化活动，都会看到她们两位坐在那里，没有国家或者城市举办的哪个正式的纪念或庆祝活动，她们会错过。于是这两位，珍妮·比尔罗特和安娜·施雷克尔，我青年时代在文学艺术方面，或者可以说在文化领域里，几十年里在某种程度上我最尊重的两名女士，从这个时候起，使我无比憎恶，我想，但是两个人相比，自然更加憎恶珍妮，因为与施雷克尔，我从来没有像与珍妮那样密切的交往（或那样深刻的冲突！）。六十年代初就看得出来，我在五十年代前期可以说十分崇拜的这两名作家其实只不过是眼界狭窄、思想贫乏、只会模仿和记录的小市民，现在她们相挨着坐在我对面，奥地利文学界两个丑陋不堪的（我指的不是外表）女性，目空一切，自以为是维也纳了不起的作家，维也纳的玛丽安·摩尔和格特鲁德·斯泰因，维也纳的弗吉尼亚·伍尔夫，其实就是狭隘的、追求虚荣浮利的小人，千方百计揩国家的油，让国家供养她们。为了几个可笑的奖项，为了得到养老金的许诺，她们彻底背叛了文学艺术，她们在国家及那帮文化恶棍官员面前厚颜无耻、卑躬屈膝。同时，她们笔下的那些浅薄的模仿逐渐成为她们的习惯，就像她们习惯了爬那些通往主管资助文化事业的政府部门的楼梯。施雷克尔曾总是抨击所谓的艺术委员会，愤怒地指出其滥用职权，没有用国家的钱真正资助应该资助的对象。然而，一年前，她就从这个艺术委员会拿到所谓的奥地利国家文学大奖，并且感到十分荣幸。看着这些人，诸如施雷克尔、比尔罗特之流，如何激动地搂着前艺术委员会主席、现艺术委员会名誉主席的脖子，她们忘记了，她们几十年里一直在抨击这个可恶的祸害艺术的部门。只是因为追求获得奥地利国家文学大奖，于是便无所顾忌地让自己变得卑劣和下作，巴结讨好这位前艺委会主席即现如今艺术委员会名誉主席及其下属，他们主管奥地利国家文学大奖的归属和奖金的具体数目。几十年来，对这两名作家来说，这个艺术委员会主席一直是令人憎恶的人，现在这位施雷克尔在文化部礼堂拥抱他，手里拿着从他那里接过来的支票，并且接下来还要致无比乏味的感谢辞。这位前艺委会主席、如今的名誉主席已经九十岁了，但他仍然大权在握，决定这个国家里谁有资格获得最高奖，这个头脑迟钝、俗不可耐的艺术资助权滥用者，铁杆天主教信徒，几十年来，他就是这个国家文化环境的污染者，我想，施雷克尔终于大奖在手，主动去吻他的脸颊，时至今日，每逢想到这一点，我都立刻有一种反胃的感觉。用不了多久，珍妮·比尔罗特，还有那位施雷克尔的生活伴侣，也会前往文化部礼堂，从这个十分可恶的男人手中接过奥地利国家文学大奖，毫不迟疑地去吻他的脸，然后还要做表达衷心感谢的演讲。不仅仅只有安娜·施雷克尔及其生活伴侣和珍妮·比尔罗特，几十年来不断地与这个国家里所有主管国家钱财和颁发国家荣誉奖项的人同流合污，在某种程度上可以说，所有奥地利搞艺术的人只要如人们常说的上了点儿年纪，都在走这样的道路。他们否定了二十五岁或者三十岁之前坚定地、毫不含糊地弘扬和践行艺术道德的承诺，无论在哪里，都与掌管国家钱财、颁发国家荣誉勋章和支付养老金的官员打得火热。所有奥地利搞文学艺术的人最终都让国家收买了自己，接受了其卑鄙的政治观点，把自己出卖给这个卑劣、肆无忌惮、居心叵测的国家，大多数人甚至从一开始就这样做。他们的艺术活动并非别的什么，而是与国家沆瀣一气，这是事实。施雷克尔及其生活伴侣，还有比尔罗特，只不过是奥地利文学艺术界的三个例子而已。对于多数人来说，艺术活动在奥地利就是屈从国家政府，无论是什么样的，就这样一辈子受其供养。奥地利艺术家人生，是一条卑劣、虚伪、国家机会主义的道路，是用资助金和奖金铺设的，用奖章和荣誉证书装饰的，终点是中央公墓一处荣誉墓穴。施雷克尔思想贫乏，头脑里连一个简单的想法都难以形成，几十年来写的东西都毫无意义，这样一个人却被认为是才智杰出的作家。比尔罗特也是如此，不过她更愚蠢，我想，我过去就这么想，这个事实不仅反映出我们当前奥地利精神生活的荒漠，而且也可以说是整个世界精神生活的写照。如果我们每次从英国回来，鸟瞰奥地利，这种状况更具灾难性。这个国家以前也是这样，可恶的事物越来越可恶，无聊的事物越来越无聊，可笑的事物越来越可笑。假如一切都是另外的样子，我想，那么我们会怎么样？会在什么地方？施雷克尔及其生活伴侣，还有珍妮，二十年来，他们在青年人面前装作富有革命进取精神，实际上在这二十年里他们花费主要精力所干的，是在主管资助文艺事业的文化部大楼后面的楼梯上，上上下下奔波。在这件事情上，他们可以说趣味相投；他们蒙骗单纯青年、敲诈迟钝的高级官员的手段，历来为我所不齿。现在，安娜·施雷克尔坐在珍妮·比尔罗特身旁，我边想边观察她们，这两位就其思想堕落而言，的确是一对好姐妹。无论施雷克尔还是比尔罗特，还有施雷克尔的生活伴侣，他们的作品代表了今天充斥文坛那些毫无创造力的文学，表面上装作深沉，实际上喋喋不休、废话连篇。我历来憎恶这样的作品，然而那些狂热追求时尚、哗众取宠、文学理论修养却很肤浅的出版社编辑喜欢这样的作品。米诺里腾广场文化部的那些年迈、保守的官员愿意赞助这样的文学。在这个晚上，施雷克尔女士一如既往一袭黑色服饰参加"艺术家晚宴"，我想。现在她忽然坐到了后面，旁边是只有一只胳膊的画家雷姆登，属于所谓维也纳第二超现实主义画派，当然是席勒广场美术学院的教授，天生的线条雕琢家。奥尔斯贝格尔先生这会儿神志不清，我曾郑重其事地称他为音乐界的诺瓦利斯，这时他嘴里不时含混不清地嘟囔着什么，可能为了最后一次引起音乐室众人的注意，忽然伸手把下颚上的假牙从嘴里拿了出来，像战利品一样举到城堡剧院演员面前，并说"生命短暂，人老珠黄，死亡业已临近"，导致城堡剧院演员多次重复无聊这个词，奥尔斯贝格尔先生重又把假牙放回嘴里。奥尔斯贝格尔太太自然又从座位上跳将起来，打算把她丈夫从音乐室弄到卧室去，但是又没能办到。奥尔斯贝格尔先生比画着要杀死她，把她推开，使她差一点儿摔倒在城堡剧院演员的身前。城堡剧院演员接住了她，将她抱在怀里。奥尔斯贝格尔先生连声叫喊哎呀，多么无聊，接着脑袋缩进他那肥大的乡村粗呢短上衣里打起盹儿来。参加"艺术家晚宴"的还有两个操着施蒂利亚方言的年轻小伙子，他们可能是奥尔斯贝格尔先生的亲戚，从家乡来的朝气蓬勃的愣头青年。邀请他们参加聚会，是为了给"艺术家晚宴"添加点乡野淳朴的作料，我想，就我的观察，他们俩除了相互谈话，不跟任何其他人讲话，就像我一样，如果说话也是跟自己说。虽然来参加"艺术家晚宴"，但一直完全游离在其外，我现在想，我自己的表现实质上也与两个施蒂利亚小伙儿差不多，这两个所谓的候补工程师至少有时还站起来，然后又坐下去，不论是出于什么理由吧。而我却一直坐着，先是在前厅的带头靠的沙发椅上，然后在餐厅里。我的确整个时间一言不发，只是有一次我问城堡剧院演员，四五十年在城堡剧院舞台上，演的人物总离不开那些经典作品，歌德、莎士比亚，或者格里尔帕策。一年里两回歌德或者莎士比亚，每三年一次格里尔帕策，每五六年才演一回像《野鸭》里艾克达尔这样的角色，或者那种愚钝的英国社会喜剧中某个角色，城堡剧院正在排练一出这样的戏，他会不会感到厌烦？城堡剧院演员并没有回答我。还有一次，我对奥尔斯贝格尔先生说，尽管完全多此一举，我说他这一生很失败，为了一个富有的女人和舒适的生活，糟蹋了自己的才华，毁掉了自己，与酒做伴成了他生活的真正内容。就是说他用青年时代的不幸换来的是老年的不幸，用青年时代的无助换来的是老年的酗酒，用音乐的天赋最终换来的是为众人所厌恶，用精神的自由换来的是财富的牢狱。我多次对他说，那件乡村粗呢外套，还有那件农村亚麻布衬衫使我恶心，总之他的一切都让我感到反胃。我虽然到根茨胡同来参加"艺术家晚宴"，但整个时间，像施蒂利亚来的那两个纯朴的小伙儿，都是局外人，我在观察根茨胡同这场"艺术家晚宴"，实际上我没有参加进来，我想。在后面还坐着几位，即使在灯光较亮的餐厅里，也未能认出是谁。有两名年轻的作家，只是因为他们总是爽声大笑才引起我的注意，这笑声对于我，没有丝毫意义。在城堡剧院演员尚未到来之前，我就忍受不了，完全是一种空洞而又愚钝的笑声，如同我们现今每逢与年轻人相聚经常听到的：空洞、愚蠢、呆钝。在这里，他们也没有什么可说的，我想，这两名年轻作家从一开始就喝酒，吃光放到他们面前的一切，除此以外，他们在这整段时间里都一副漠不关心的样子，尽管奥尔斯贝格尔先生邀请他们参加"艺术家晚宴"，让他们坐在餐桌旁，是把他们视为有才华的年轻有为的作家，我想，可他们在饭桌上的表现就像施蒂利亚来的那两个搞技术的纯朴小伙儿。话又说回来，年轻作家又有什么可说的呢，我想，他们自以为什么都知道，实际上只会觉得一切都可笑，而又不能给出理由，为什么可笑，做到这一点，还要假以时日，我想。他们先是觉得一切都可笑，又不知道为什么可笑，他们就是这样。直到以后，他们知道了为什么，但那时却又不想再说了，因为不再存在要言说的理由了。在这个反常、愚钝和危险的八十年代，青年的笑声就是这样愚蠢、空洞和呆钝。他们两个就不断发出这样的笑声，我想。他们大笑起来，觉得一切很可笑，可是还从未出过一本书，我想，就像你三十年前一样。他们这会儿只会朗声大笑，除此之外一无所有，朗声大笑让他们感到满足，他们只拥有这种笑声。生存的一切灾难还在未来等着他们，我想。他们只有哈哈大笑，至于发笑的理由并不重要。我回忆起来。我也曾像这两名青年作家一样，作为年轻有为的作家，坐在这样的被称为"艺术家晚宴"的餐桌上，只是一味地大笑，莫名其妙地觉得一切都很可笑，不参与任何谈话，只是饮酒、吃饭，不时地大笑。对眼前这两位，我没有任何兴趣，就像当年我也不让人感到任何兴趣，我没有与他们有任何交流，如同当年也没有人理睬我。如果我们与这些八十年代的青年人谈话，我们得不到任何真正使我们感兴趣的东西。我们谈呀，谈呀，他们听不懂我们说的是什么。他们谈呀，谈呀，谈呀，我们什么也听不懂，也不想听懂，我对自己说。与青年人说话毫无意义，我想。谁持相反观点就是伪君子，因为青年人对上年纪的人或者对老年人讲不出什么来，这是事实。青年人对老年人说些什么，绝对不会让人感兴趣，绝对如此，我想，持相反观点毫无疑问就是极其虚伪。说什么老年人要与青年人谈话、交流，这样的观点越来越时髦，因为青年人有许多话要对老年人讲，但是事实正好相反：青年人根本就没有什么要对老年人讲。自然，老年人对青年人还是有话要讲的，但青年人不懂得老年人对他们说的，因为他们根本就听不懂，因此也就根本不想去听懂。总是有不少青年人在奥尔斯贝格尔先生周围、在他床上，我就是被他邀请去玛丽亚-扎尔的首批青年人之一。我现在想，是进入他陷阱中的首批青年人之一。我对自己说，是给他当傻子的首批青年人之一。我不禁自言自语说起婚姻黏合剂这个词，同时观察着两名年轻作家和两名候补工程师，双重的婚姻黏合剂。奥尔斯贝格尔先生不仅总是把年轻男子拉到自己身边，跟他上床，我想，而且总是年轻作家，从未有一个年轻画家，从未有一个年轻雕塑家。奥尔斯贝格尔先生邀请到玛丽亚-扎尔跟他上床的，一向总是年轻作家，他把他邀请到玛丽亚-扎尔，邀请到他床上，是为了把他吃光。我现在想，无论他从哪儿来，都为他支付到玛丽亚-扎尔的车票，到车站接他，带他到已准备就绪的房间，企图在第一天就把他吃光。这折磨了我多年，甚至几十年，让我十分厌恶，现在忽然不再是这样。奥尔斯贝格尔先生，这个淫荡的年轻作家吞食者，我现在想，如果不是我太疲劳了，我想出的这个词会让我立刻大笑一声。奥尔斯贝格尔先生和年轻作家，我想这个题目我可以写一篇短文，或者一个长篇，如人们通常所说的，堪称经典的长篇。城堡剧院演员说，艾克达尔这个角色他会再演五十次左右，他仰靠在扶手椅上，闭着眼睛，如果我能有一个更好的演员扮演格瑞格斯，跟我演对手戏该多好。我得自己来演格瑞格斯，这种想法多么荒唐，演艾克达尔的同时还演格瑞格斯，太不靠谱了，真是怪诞，城堡剧院演员说。

这期间，奥尔斯贝格尔太太把唱片《波莱罗》放到了电唱机上，这正是乔安娜最喜欢的乐曲，奥尔斯贝格尔太太有意识地选择这张唱片，想以此再次令人想起乔安娜，我心里想。听到开始的几个节拍，我立刻想到乔安娜，首先想到她的葬礼。我觉得奥尔斯贝格尔太太此举虽然有点近乎狡黠，但还是一个很好的主意：把这样一个可以说可恶的"艺术家晚宴"最终引向对乔安娜的思念。我在奥尔斯贝格尔太太放上《波莱罗》之前，已经想要站起来走了，现在甚至愿意继续坐在这里，并且忽然处于一种不再去计较、一切都无所谓的美好状态。眼前出现基尔布葬礼一幕幕情景，在铁手旅馆的逗留，杂货店老板的脸庞，约翰的面容，都历历在目。基尔布，下奥地利一座宁静美丽的集镇。在这整个可怕的晚上，直至更可怕的夜里，在根茨胡同，我心中激起的一场情感波澜忽然消失，取而代之的是像无风的湖面一样的平静。我本人一向喜欢听《波莱罗》，乔安娜每逢在她所谓的形体动作工作室给比较有天分的学生讲课时，总是放这张唱片，从根本上讲，她的整个形体动作艺术及其理论能在这支乐曲中得到很好的体现，我想。伴随着音乐，这个形体动作艺术家清晰地出现在我眼前，她拥有所有过幸福生活的条件，结果，她却十分不幸。我听见她说话，对她的话语感到惬意，还有她的笑声，她那对一切

203

美好事物的敏感和易于接受，我这一生认识的人中，没有人像她那样拥有这样的能力，她总是看到美好的事物，一辈子遭受着令人痛苦甚至毁灭的丑陋或残酷，却总是能看到美好的事物，这种能力或者禀赋，的确很少人具备。但这一点也不能拯救她，我想。她到维也纳，几乎让维也纳给吞噬了。逃离维也纳，回到老家，然后上吊自杀了，我想，她的邻居在她离开家在维也纳逗留期间，一直为她照看房子。那天清晨还不到六点钟，邻居来到她的家，看见了上吊的乔安娜，她自己亲手系的绳子扣。杂货店老板在铁手旅馆餐厅里，忍着难以克制的痛苦讲了邻居告诉她的这些情况。邻居先是看到乔安娜的两只脚在过道里木条箱子上方晃悠，走近了才看到腿，然后是绳子吊起来的整个沉重的躯体，多年酗酒，已变得完全浮肿。邻居开门进来，带的风使垂挂的躯体动了起来，看起来既怪诞又恐怖，杂货店老板说，邻居没有立刻大叫起来，没有，她很安静地马上去找乔安娜最好的朋友杂货店老板，把她的发现告诉了她，这时天还没有亮。到七点钟，杂货店老板立刻给在维也纳的我打电话，我不是她通知的第一人，但却是在发现乔安娜自杀后一个钟头之内就得到了消息。《波莱罗》缓慢地把乔安娜几乎所有的生活驿站显现出来，我一再看到她交替出现在塞巴斯蒂安广场、基尔布，以及经常在那里做客的玛丽亚-扎尔。她偏爱穿她自己设计的连衣裙，我想，戴着古埃及手环和波斯耳环，她对非洲和亚洲的古老文化有一种女性所特有的亲和，读了所有她能接触到的相关的文章和书籍。她头上总围着印度丝巾，脖子上戴着阿富汗、中国和土耳其的项链。没有人像她那样讲了那么多自己的梦，并且试图研究这些梦，探寻其踪迹，我常常整个晚上跟她一起讨论她的梦，别人做的梦，她也一向很感兴趣，也深入探究，研究梦成了她的第二专业，我想。她常常说她自己就梦游，她的生存是一种梦游状态。她尤其乐意与年轻人打交道，我想，最喜欢与那些还处于梦游状态的年轻人在一起，像她自己那样的，还没有被文化和教育侵蚀和毁坏的人。这样一个人自然与童话的关系特别亲密，她最喜欢读童话，朗读童话，有机会也在听众面前朗读。梦和童话实际上就是她生活的真正内容，我现在想。因此，她自杀了，我想，一个只把梦和童话作为自己生活内容的人，在这个世界上无法生活下去，也不可以生活下去，我想。她本人就是一个童话人物，我想，很可能她活着时就相信自己是一个童话人物。这个埃尔弗里德·斯卢卡尔把她的童话称为"乔安娜"，我想。《波莱罗》一直是她喜爱的音乐作品，我得说是她生存的中心。我们有时应该不要怕让自己放松，不要怕让自己多愁善感，我想，让

205

自己现在受《波莱罗》控制，让自己、让我对乔安娜的情感在这《波莱罗》中完全释放出来，直至珍妮·比尔罗特向坐在她对面、在我身旁的城堡剧院演员提问的那一刻。她说一位新的经理不久将领导城堡剧院，如人们所讲，一股新鲜空气将吹进城堡剧院，要把糟糕、陈腐、死气沉沉的一切，也就是说随着时间推移变得令人憎恶、难以为人接受、总而言之不堪入目的一切，从城堡剧院清除掉。珍妮·比尔罗特希望知道城堡剧院演员对此有何看法。戏剧界最杰出的人物之一要进入城堡剧院，一个德国的戏剧天才，德国一流的，或者说超一流的戏剧导演，像珍妮所说的所谓头等戏痴，更确切地说，她是引用别人的话。因为她只引用，不说发自内心的话。不说自己是怎样评价来自德国的这个新人，只是引述别人的话，引述她从报纸上读到的关于这个人的报道，她听到的关于这个人的情况。这个人她不认识，她自己也不能相信关于他的报道，她说这个人对于她像人们通常说的就是一张白纸，报纸将他说成是戏剧艺术的斗士，一个纯真的戏剧人，为戏剧而生，城堡剧院已有一百年没有见过这样的人了，现在他来到这座剧院，她不揣冒昧，引述报纸上的有关报道。比尔罗特突然提出的这个问题把刚才打起盹儿来的城堡剧院演员惊醒了。是的，您对将要进入您剧院的这个新人怎么看？珍

206

妮·比尔罗特追问道，仿佛她发现城堡剧院演员就是她整个晚上不怀好意等待猎获的对象，并且顿时明白如何制服和擒拿这个牺牲品。她多次对城堡剧院演员说，您肯定对这个新人有您的看法，珍妮·比尔罗特如此这般的提问确实激怒了他。城堡剧院演员直起身子，收回双腿，抬起头说，不错，好吧，一个新人进入剧院，但他对此不感兴趣，城堡剧院演员说，这种事情已经不能再使他感到有什么兴趣了，他本人已经见识了许多城堡剧院的经理，他们到这里执掌一切，然后则败走麦城，他对这次来的新人也无动于衷。他们来了又去了，先是在热烈拥抱中到来，然后又在骂声中被赶走，一向如此，这个新人也不会例外，他说。是的，这个新人，他说，可能吧，如您所说是个天才，珍妮立刻插言，说明她并没有说新来的人是个天才，报纸上这样写的，不是她说的，现在报纸天天都在报道来自德国的这个天才，她只是引用。城堡剧院演员说，不管是报纸写的还是您说的，亲爱的，对我来说完全无所谓，到剧院的新人是谁对我反正总是无关紧要。他说，他曾经历过十位或者十一位城堡剧院经理，最终他们都消失了，今天连他们的名字也没有人能记得。他们都是由某个对戏剧一窍不通的部长，只凭着所谓政治嗅觉选择和委派来的，他们往往在这里工作一年就被革职了，城堡剧院演员说着重又激动起来。部长任命一个人，认为他比其他人更适合，自然总是从政治方面考虑，从不看他艺术上是否堪用，城堡剧院演员说，可是此人还没有签合同，就遭到敌对，人们会使出浑身解数，使其尽可能快地消失。签约之前的一年多时间，新人排练的两三部戏可能受到媒体赞扬，甚至被捧上了天，城堡剧院演员说，然后他们就开始对其极尽抨击或砍伐之能事，公然去锯他坐在上面的那根树枝，而这个新人对这一切并没有察觉，他还没有签工作合同，城堡剧院演员说，这个新人可以想做什么就做什么，一旦他签下了合同，成为城堡剧院经理，他就是个死人了。报纸在他还没有正式上岗之前称他为天才，但在他签了工作合同登上经理宝座之后则写道，他是个傻瓜。无论他排练什么戏，演出怎么样，都逐渐没有了意义，两三年过去，这个人就不值一提了，是的，他可以按自己的意愿去做，城堡剧院演员说，但都绝对没有好结果。如果他排练传统经典剧目，人们说他在做蠢事；如果他排练现代戏，人们也说他在做蠢事；排练本国戏是没有什么价值的，是错误的；排练外国戏照样是错误的，没有价值。总之，在他到维也纳进城堡剧院之前，他听人们说，他主持排练的莎士比亚戏剧太棒了，是那些评论家看过的最好的、最地道的莎剧，而他一当上城堡剧院经理，他听到的评论是，他导演的莎

208

士比亚简直就是灾难。那些把城堡剧院经理推上台的人，只要达到了目的，新人也签下了合同，城堡剧院演员说，他们立刻变成城堡剧院的毁灭者。您知道，城堡剧院演员对珍妮·比尔罗特说，如果你是一个好演员，谁在剧院里当了经理，你就会完全无所谓。一个新经理的魅力总是短暂的，他在克恩滕大街还只走上几回，在萨赫酒店或者帝国饭店吃上几次，并且被看到了，那他就完蛋了。总是有受人们宠爱的演员，亲爱的，从来没有受人们宠爱的城堡剧院经理。如果您问我，那我明确告诉您，我的态度就是毫不在乎谁是现任剧院经理的继任者，城堡剧院演员说。这时，大家都突然很感兴趣地听城堡剧院演员在说什么，他不再只是抽雪茄，而是边喝白葡萄酒边说话。在这个城市，城堡剧院演员能够定居下来，他说，在格林卿、希卿和西维林，以及林山麓新施蒂夫特购置房地产，在这些风景幽美地段的别墅里过着平淡无奇的生活，直到晚年。但是，城堡剧院经理却没有机会在这座美丽的城市定居。说起来可叹得很，城堡剧院经理往往在这座城市买下一处房子，还没有搬进去住，可能就遭人厌恶，就被人从这座城市里扔出去了。城堡剧院经理的故事更像一桩桩轰动的事件，城堡剧院演员说，很可能是维也纳最为悲惨的故事，他说。这个维也纳是名副其实的艺术碾压机，的确是世界上最大的碾压机。年复一年，艺术和艺术家遭到碾压，在这里粉身碎骨。无论哪一种艺术，也无论是什么样的艺术家，维也纳这架碾压机总是将其毫不留情地碾成齑粉，一切都逃不掉维也纳这架碾压机的处置，城堡剧院演员说，一切都逃不掉灭亡的命运。怪异的是，所有这些人仍然心甘情愿地争着抢着往这架碾压机下面跳，让自己被它毁灭。城堡剧院的经理们也完全自愿地往维也纳这架碾压机下跳，他们一辈子下大力气孜孜以求的，就是能够往这架碾压机下面跳，当仁不让、争先恐后地奔向这里，最终被碾压殆尽，碾压殆尽，碾压殆尽，城堡剧院演员高声说。然后他说，无论是关于新的还是旧的城堡剧院经理的起伏跌宕故事，都永远触动不了我。您看，亲爱的，他对珍妮·比尔罗特说，不管是哪一位执掌剧院大权，我都会扮演艾克达尔，请你相信这一点。再者说，他继续说道，仿佛他要以此结束这个话题，我在新经理到来之前就退休了，他走进经理办公室，我已经不在那里了，城堡剧院演员边说边转向奥尔斯贝格尔先生，这位已经打盹儿大半天了，城堡剧院演员回答珍妮·比尔罗特的话，他什么都没有听见。城堡剧院演员对他说，如果我退休了，将在音乐厅一年朗诵两次或者三次里尔克，或者老歌德，这就够了。从根本上讲，今天的戏剧已经不再让我感兴趣了，最好我现在已经

210

退休，与戏剧相关的一切都使我无法忍受了。以前演戏是一种乐趣，是毕生的事业，城堡剧院演员说，今天不是这样了，我之所以还扮演艾克达尔，而且还取得很大成功，最吃惊的应该是我自己，他说。实际上戏剧已失去了我对它的兴趣。您看，他对珍妮说，我有幸这么多年活跃在舞台上，我不后悔，几十年来，每一天都很愉快，每一小时都很愉快。但是今天这一切不存在了，早就不存在了，城堡剧院演员说。珍妮接着说，对于您这位城堡剧院演员来说，您认为这一切早已不存在了，那是因为您在格林卿购置了房产，珍妮说，所以您说对舞台戏剧您早就不感兴趣了。她对城堡剧院演员说，因为您每天去萨赫酒店用餐，去莫扎特咖啡馆喝咖啡。假如您离开城堡剧院，离开了维也纳，您现在就不会说对戏剧早就不感兴趣了。珍妮说，可能您就是由于在格林卿购置了房产，才对戏剧失去了兴趣，才不再痴迷戏剧了，珍妮不依不饶地说道。城堡剧院演员答道，是的，可能您说得有道理，亲爱的，但也可能您说得不对。戏剧在今天普遍不景气，城堡剧院演员说，无论您在维也纳，还是别的什么地方，您再也找不到一座好的剧院，它无法再吸引您了。这时奥尔斯贝格尔先生突然插话说，他不这样看。别人还以为他一直在睡觉呢，他认为，现在的戏剧舞台空前活跃和发展，只是维也纳停滞不前，这里的戏剧不仅早就注定了要毁灭，而且的确早就没有生命了，的确早就没有生命了，的确早就没有生命了，他高声说，好几次口齿不清地重复着这一句话。他含糊不清的重复显得很滑稽，两个年轻作家听了都笑了起来。这两个年轻作家这整段时间似乎就不在场一样，在奥尔斯贝格尔先生多次含糊不清地说着的确早就没有生命了之后，突然大笑起来。我的天，城堡剧院演员忽然大声喊道，说什么戏剧天才，这是什么意思！经理和天才，荒唐，这是哪儿跟哪儿啊！他高声说，您知道吗，他对珍妮·比尔罗特说，报纸的语言是卑鄙的，报纸上写的无非就是卑鄙二字。无论你打开哪种报纸，看到的除了卑鄙还是卑鄙，城堡剧院演员说。不，报纸上说什么跟我们没有任何关系，但它却让我们受到致命打击，他说。何况奥地利的报纸是世界上最恶劣的报纸，与它的无耻相比，其他报纸望尘莫及，他说，没有哪家报纸能有如此下流的嘴脸。因此，维也纳的历史，甚至整个世界的历史总是深受其害，城堡剧院演员说。虽然维也纳的报纸总是夸奖我，他说，但它的确是世界上最糟糕的报纸，论及无耻和愚蠢的程度，世界上没有任何报纸可以与其相提并论。但是我们每天还要读它们，贪婪地吞噬上面的一切，他说，这就是事实。从儿时起，我就吞咽维也纳报纸制造的垃圾，但是我今天仍然活着。维也纳人的胃了不得，所有维也纳人的胃都很了不得，您想啊，随着时间的推移他们吞噬了多少无聊透顶、卑劣至极的东西啊！维也纳的报纸，如果说还称得上是报纸的话，那么它们是世界上最糟糕的报纸，正是因为如此，它们同时也许是世界上最好的报纸。正因为它们是最坏的，它们可能是最好的，城堡剧院演员说。奥尔斯贝格尔先生这时又含混不清地插起话来，您说得对，您说得对，您说得太对了。那两个年轻作家又笑了起来。我们不断地生活在荒谬之中，城堡剧院演员忽然说，我们的生活在不折不扣的荒谬中，您想想看，这个荒谬的世界是唯一真实的世界。一切都是这样荒谬，城堡剧院演员说，忽然激动起来，仰靠在沙发椅上。荒谬，反常，他说，然后对奥尔斯贝格尔太太说，我曾多么盼望听到您展示您的歌唱才华呀。不过没关系，下一次。要让您唱，您唱什么呢？城堡剧院演员问道。奥尔斯贝格尔太太只简短回答说：普赛尔。哦，普赛尔，城堡剧院演员说，普赛尔这阵子很流行，应该说是古典音乐了。全世界整天都在听古典音乐，我说得不对吗？奥尔斯贝格尔先生含混不清地答道，您说得对，您说得对，您说得对。普赛尔，城堡剧院演员说，这是英国伟大的歌曲艺术，咏叹调。是的，他说，朝我的脸望着，能把普赛尔很优美地唱出来，那真是艺术珍品。《波莱罗》，我的天，城堡剧院演员忽然说，您知道吗，以前我一听《波莱罗》就不舒服，现在我喜欢它。长时间让我们总是听起来不舒服的艺术作品，他说，忽然我们变得喜欢听了。您也观察到这种情况了吗？他问珍妮，后者没有回答，忽然直截了当地对城堡剧院演员说，一个新时代即将走进城堡剧院。她的确运用了"走进"这个词，一个新的时代，它要清除旧时代，清除旧时代，珍妮·比尔罗特刻薄地说。要出现一批新面孔，她说，要上演完全另一样的剧目。是的，这样好极了，奥尔斯贝格尔先生又含混不清地插话道，要有新人登台，要有新作品上演，告别那些习以为常的东西。他含混不清地说，告别那些不叫座的演出，那些不叫座的演出，那些不叫座的演出，他含混不清地说了三遍，他一定很满意自己的措辞，我想。奥尔斯贝格尔太太可能对她那醉醺醺的男人的插话感到难堪，因为她再次试图把脑袋已几乎完全缩到粗呢外套里的奥尔斯贝格尔先生从椅子上拉起来，但没能办到，奥尔斯贝格尔先生仍然有足够的力量，一脚踹到太太的腿肚子上，让她明白究竟谁是根茨胡同这个家的主人。读了一本关于帕拉迪奥[1]的书，城堡剧院演员忽然说，再次欣赏布伦塔河畔的别墅，他说。曾

---

[1] 安德烈亚·帕拉迪奥（Andrea Palladio, 1508—1580），意大利建筑师，代表作有圆厅别墅、圣乔治-马焦雷教堂等。

几何时，几百年前被遗忘的东西，他说，忽然又成为时尚，成为世界关注的中心。西班牙，他说，如果我退休了，就去那里，好像近几年总是在那里短暂逗留，再去就要待个够，住上几个月。如果一个人在剧院舞台上，像我这样演了这么久，他说，从一开始只会夸张地表演，然后主要是模仿，经过后来跑龙套、演配角，最终成为能演主角的话剧演员。我最为幸运的事是从未结过婚，不走进婚姻殿堂是一个演员最大的幸事。独自一人与艺术活动和话剧表演生活在一起。我一向就有掌控自己、持之以恒争取达到目的的能力。他说，说来也奇怪，我从未生过病，一次都没有，当然身体也时常有某些不适，但从未因此就中断我的工作，仍然坚持演好自己扮演的角色。而我的那些同事则不然，随时因为小事一桩就拒绝演出，或者接受了又反悔。时间长了，甚至形成了动辄小题大做、影响正常演出的歇斯底里。我从来就不是所谓神经质的演员，如果说我有时过分较真，倒还可能，但从不神经质，不允许自己在艺术表演上感到不舒服硬演，也许这就是为什么我热切渴望获得知识，他说。准备一个角色，总是要认真搜集、研究各方面丰富的知识，在这方面我总是很孤独的。我其实不是一个奢望很多的人，不，恰恰相反，但也并非没有欲求，单薄、简陋和粗俗是我一向憎恶的。事实上，城堡剧院演

215

员说，维也纳对艺术的要求，尤其是对音乐和表演艺术的要求是非常高的，是在整个欧洲最高的。这里去听音乐和看话剧的人，尤其是去城堡剧院的观众，他说，都在审美方面受到长期浇灌和熏陶，品位特别高。他们对艺术表演的挑剔和评价尺度超过欧洲任何其他地方，是的，我甚至可以说超过世界任何其他地方。没有哪里有维也纳这里这样好的演员，这样好的音乐家，这是事实。您不妨到处去了解一下，无论您去哪里，他说，米兰的斯卡拉大剧院，或者纽约的大都会歌剧院，或者您去伦敦的英国国家剧院，或者法兰西的喜剧院，都无法与维也纳相比，那里的舞台全是外行和半瓶子醋，事实如此。维也纳的受众是审美的宠儿，无论是在音乐还是戏剧方面，他们都拥有最好的鉴赏能力，当然，同时他们也是最卑鄙、最肆无忌惮的。想想看，我们在德国戏剧舞台上看到的是些多么可笑的演出，还有在英国和法国的舞台上，我们在剧院里看到的一切是多么可笑，但是你不能在维也纳也这么说，你这样说就倒霉了。城堡剧院绝不会推出这样的货色，他说，我们这里的演出仍然比德国舞台要好得多，随便哪一家德国剧院，不，不，城堡剧院演员说，德国的戏剧舞台所呈现的都是无聊的东西，归根结底，德国的戏剧是愚蠢的。德国人一直受其愚弄，德国戏剧永远是无助的和业余的，这就是事实。总是只追求时尚，总是浅薄空洞，这就是事实。没有智慧，没有幻想力，就是这样，没有丝毫创造性，就是这样。德国舞台上，我们看到的演员如同教师，如同中学教师，就是这样。即使维也纳最蹩脚的卡巴莱演员也比最著名的德国演员强，这就是事实。但是您不能在维也纳这么说，您这么说会成为口诛笔伐的目标。就连星期一的演出，无论是在城堡剧院，还是在歌剧院，城堡剧院演员说，比世界其他地方都要好。但这话您可不要在维也纳讲。扮演艾克达尔并获得成功，这是大好的事情，城堡剧院演员接着说，停止扮演艾克达尔，不要因此取得的成功也是大好的事情。我眼下正准备着一部英国剧里的一个角色，扮演这个角色，我不指望对我在艺术发展方面有何帮助，只不过是顺便而为之，绝对不必认真对待，他说，不是演李尔，他补充道。似是而非的怪论，他拖长声音说。城堡剧院演员，在某种意义上，老年和冷漠可以等同起来。我一天也不想再过年轻时的日子，青年时代实在是很可怕，老年则不然。我可不想时光倒流，我很高兴，这是办不到的事情。您知道吗？城堡剧院演员先是对奥尔斯贝格尔太太，然后对着珍妮说，请您相信我的话，老人热衷的是撤退。人们谈论一切，对一切笑声不断，对一切激动不已，这些都不能让我动心。在舞台上演了一辈子戏，常年与艺术打交道，到晚年已经掌握了所谓的老年艺术，城堡剧院演员说，这可能是一个人最大的乐趣。在《波莱罗》放完时，奥尔斯贝格尔太太站了起来，穿过餐厅去厨房取咖啡。珍妮利用奥尔斯贝格尔太太不在这儿的时间，再次做出吸引众人目光的举动，对城堡剧院演员提出问题。后者忽然感到十分疲倦，有好一会儿管自看着地板发愣，或者如人们常说的陷入了沉思状态，这时响起珍妮颇不识趣的问话，她问道，城堡剧院演员可以说不久就步入晚年，在这个时刻，他能否说，他能够为他在艺术上的成就感到满意。珍妮就是用如此无聊的话语逼问这位疲倦的老人。在这个晚上，直至夜里，我感觉到，说什么都可以，就是不能说城堡剧院演员是一个我觉得有好感的人，不过在我的眼里，他在这里很孤独。联想到这个晚上，几小时前，他还在学院剧场舞台上扮演艾克达尔，现在他应该享有不被烦扰的权利。您认为，您在晚年对艺术上取得的成就感到满意吗？珍妮再次发问，仿佛她以为城堡剧院演员没有听到她的第一次提问。城堡剧院演员自然是听到了她提的问题，她的厚颜无耻、肆无忌惮，他都注意到了。她最后第三次向他提问，您是否在晚年对自己艺术上的成就感到满意，城堡剧院演员也三次都注意到她的厚颜无耻。如我所看到的那样，他一定在想，这个珍妮他不过只见过一两面而已，她在他面前根本不应该如此无礼，更不要说还如此厚颜无耻地向他提问，应该让他安静地待着，城堡剧院演员深深感到失望，怎么也想不到这个珍妮·比尔罗特会如此放肆，没完没了地提问，他城堡剧院演员在晚年能否说，他对自己的艺术成就感到满意了，珍妮一直坚持她这种厚颜无耻的提问，直到城堡剧院演员终于不得不理会她放肆的问题，方才停下来。值得注意的是，这个城堡剧院演员，这个从根本上说我极其憎恶的人，整个这段时间我都甚为反感地打量着他，这会儿他突然的确开始回答珍妮的问题。他说，向他提这样愚蠢的问题实属闻所未闻，您的这个问题再愚蠢不过，她，珍妮·比尔罗特，不能指望她的愚蠢问题能得到一个明智的回答，对她那不依不饶、厚颜无耻的提问，城堡剧院演员说，我只能说您是太不着调了。城堡剧院演员说完这句话，正要站起身，像是要立刻离开根茨胡同奥尔斯贝格尔夫妇家，因为他觉得珍妮没完没了地向他提问太放肆了，但当他看到奥尔斯贝格尔太太端着咖啡走过来，便又在沙发椅上坐下，说他没有必要回答如此愚蠢的问题，如此无聊透顶的问题，城堡剧院演员以缓慢而强调的语气对这会儿目瞪口呆的珍妮说，如此无聊透顶的问题想必不需要他来回答了。对于晚年这个人生阶段如此大逆不道地胡说八道，城堡剧院演员说，如此厚颜无耻地问来问去，他说，称为卑劣绝不为过，用您的愚蠢问题来挤对我，城堡剧院演员说，珍妮这时从奥尔斯贝格尔太太手上接过一杯咖啡，突然变得很安静，没有像我预期那样发怒。以往类似这样的情况，根据我的记忆，我想，她早就跳将起来，立刻离开突现其刚愎自用的现场。可是现在，她没有这样做，她坐在那里，一张擦了厚厚脂粉的脸仍然涨得通红，好几分钟一动不动。而这时，城堡剧院演员突然又精神起来，讲了下面一段令我吃惊的话。我不敢相信他会这样说：来到这样一些人中间，怎能不令人憎恶呢？他们探听、搜集你的情况，最后以极为卑鄙的方式将你扳倒。他们的存在，他说，就是要毁你，拆解你，把你弄得七零八碎，加之，又是在这深更半夜，就更加无耻下流，他说这个词时丝毫没有显得不好意思，边说边时而喝一小口咖啡，他端着咖啡杯的手一点都不颤抖，令我非常惊讶。我们来到一座房子，我们想会受到友善对待，他说，由于情绪激动，把奥尔斯贝格尔先生吵醒了，他听着城堡剧院演员正在说些什么。安娜·施雷克尔这会儿也注意起来，还有那两个年轻作家，其他所有的人也都朝他这里看。因为城堡剧院演员的讲话又把大家的注意力引向自己，仅仅他话里的那些颇有分量的词汇，如居心叵测、卑劣、大逆不道、虚伪、卑鄙、狂妄自大、愚蠢等，掷地有声地传到了聚集在根茨胡同奥尔斯贝格尔家中的人，尤其是传到了珍妮耳畔。城堡剧院演员说，用这样一些愚蠢的问题居心叵测地挤对我的就是这个人，他毫不含糊地指着珍妮，就是这个人，他反复说，怎么让我碰到了这样一个人，这个人，我从一开始就憎恨她，因为她的确太愚蠢了。如果之前知道这个人也来参加今天的晚宴，我绝不会接受你们的邀请。城堡剧院演员激动地对奥尔斯贝格尔夫妇说，我憎恨像她这样的人。他们不干别的，就知道诋毁一切，他们没完没了地谈论艺术，其实对艺术一窍不通。他们谈论一切，实际上他们一无所知，他们以夸夸其谈毁掉一个又一个晚上，他们那些无知和乏味的话语简直臭气熏天，城堡剧院演员激动地说。当我看到这个人坐在这里，我就想立刻转身离开，但理智禁止我这样行事，城堡剧院演员说，理智，理智，他重复几次这个词，仰身靠在沙发椅上。我想他这是要放松，可是不对，城堡剧院演员立刻又站了起来，而且站得很直，突然上气不接下气地朝着珍妮说，您就是这样一些人中的一个，十分无知，百无一用。因此，你们就憎恶一切，就是这么简单，您憎恶一切，包括您自己，因为您太可怜了。您大谈特谈艺术，其实根本不知道什么是艺术，城堡剧院演员说，本想要对着珍妮劈头盖脸地喊叫，但由于已经上气不接下气，做不到了，这句话说得几乎没有声响，然后只说，您是一个愚蠢、毁人不倦、不知羞耻的人，说完就沉默了。城堡剧院演员对珍妮的这番抨击，我承认，听着特别过瘾。我很少看到有人如此这般对珍妮当头棒喝，如此严厉地痛击其无耻行径。我立刻对这个我始终厌恶的城堡剧院演员肃然起敬。从来没有人对珍妮说过，她总是不懂装懂，好为人师，她的一知半解简直登峰造极，我想，从来没有人对她说她是多么卑劣而又粗俗，城堡剧院演员就是这样当面锣对面鼓地斥责她。如果我们认为，有人指出另一个人的卑鄙、没有廉耻，批评他愚钝和一知半解，是公正的，而且我们几十年就一直等待有人来做这件事情，这样的情况出现会使我们感到极大的享受。从来就没有人对珍妮说，她归根到底就是一个卑劣的小人，一个品格低下的人，城堡剧院演员说出来了。我的印象是，在座的经历了城堡剧院演员这一幕酣畅淋漓的痛斥，无不感到欣喜，而且不是短暂的，是一种内心得到更长时间满足的那种感觉。自然他们没有把他们的这种情感说出来，为此，他们既没有缘由，也没有能力这样做。城堡剧院演员有这个能力，同样我也能做到，那就是以我的沉默表示对他抨击珍妮的一切表示赞同。经过多年，几十年，终于有人对那个人当面说出实话，几十年，我们期望有人这样做，希望他讲出那个人从来没听到过的话，因为一直没有人敢于当面把实话讲给那个人听，我想，仅仅有机会听到城堡剧院演员当着珍妮的面说出的那些斥责的话，不管这些话是否符合事实，我接受邀请参加今天这个"艺术家晚宴"也值得了。您是一个完全虚伪的人，城堡剧院演员对珍妮说，为能侮辱一个人，您数小时窥伺时机，他还说，像您这样的人是危险的人，人们最好都别与您打交道，如果这些话不是今天仍响在我耳边，我简直不可能相信城堡剧院演员真的说过，但是他在这个晚上真的就是这样说的。也许，我想，珍妮在我还没有去音乐室，还在餐厅逗留的这段时间里，已经对城堡剧院演员卑鄙无耻地发问了，已经在他面前表现出她珍妮·比尔罗特一向的卑劣。我能很好地设想她那副样子，因为当年我和她，简而言之，还有男女朋友的关系，很了解她。她没有变化。如果她在某个聚会里，不是人们关注的中心，她就会不顾一切设法使自己成为中心，比如通过公开向聚会的中心人物挑衅，在这个晚宴上，她的目标就是城堡剧院演员，她就处心积虑、蓄意冒犯，想必她在我到餐厅之前的很长时间里就一再伤害和刺激他，她就是这种人，否则无法理解为什么城堡剧院演员如此大发雷霆。现在我清楚了，城堡剧院演员早就怒火中烧、忍无可忍，当我还在门厅时，就听见从音乐室传来的城堡剧院演员讲话声越来越高，有时甚至是喊叫。我听见他说，说什么艾克达尔，说什么格瑞格斯，说什么《野鸭》，当时不明白他为什么这样说，现在我知道了，这是在回答向他发难的珍妮·比尔罗特。是的，城堡剧院演员一边说，一边站了起来准备走开，与他一同站起来的还有奥尔斯贝格尔太太，把已经喝光的咖啡杯拿到手里。说心里话，城堡剧院演员说，我多么憎恨这样一些圈子，这些人的企图就是要诋毁我身上一切有意义的东西，的确如此，总是糟蹋我身上一切有价值的东西。他们利用我的名字，以及我是城堡剧院演员这个身份。我现在实际上，甚至已经不奢望能安静生活，渴望人们放过我，让我不受干扰。是的，我总是在想，假如我是作为另一个人，与我不同的另一个人出生在这个世界上该多好，完全与我不同的另外一个人。假如终于别人能让我安静待着该多好。若果然如此，我就不是我父母所生，而是完全别的父母所生，在完全另一种环境里长大，如我总是希望的那样，在自由的天地里，而不是在禁锢中，总而言之，是在自然的而非人为的环境中，我们大家都是成长在这种人为的环境中，在不可救药的癫狂中，不仅是我一辈子痛苦地受制于这种环境，城堡剧院演员说，在座的所有的人都是，他转身朝着珍妮说，还有您，亲爱的，您这位怀着憎恨蔑视我、打击我的人士。他这会儿转向我，但没有言语，然后转向已经完全喝醉了、

224

在沙发椅里睡着了的奥尔斯贝格尔先生说，其实生到这个世界上就是一种不幸，但是，像奥尔斯贝格尔先生这样一个人出生在这个世上，乃是最大的不幸。走进自然，在那里呼吸，把那里看成是自己真正的、永远的家园，他觉得那是最大的幸福。走进森林，深入到森林中去，城堡剧院演员说，全身心地投入进去，没有任何别的想法，总是想自己就是自然。森林，乔木林，伐木，总是这个样子，他忽然愤怒地说，同时毅然决然想要离开这里。尽管大家都喝多了，但最后，如同三十年前，或者二十五年前，或者二十年前，只有奥尔斯贝格尔先生是完全喝醉了。他蜷缩在沙发椅里，根本没有觉察到，所有客人已站起身来要离开了。在我自己也站起来时，我想，城堡剧院演员在餐厅吃梭鲈鱼时，以及后来多次到音乐室都说过森林、乔木林和伐木这三个词语，而我开始并不知道他要表达的意思。在餐厅吃饭，以及后来在音乐室，我的注意力自然不在城堡剧院演员身上，关注的是珍妮·比尔罗特。用餐期间，在某种程度上可以说，我的目光没有离开珍妮，大部分时间根本没有倾听城堡剧院演员在说些什么。只是间或听到只言片语，没听到一个完整的句子；他在用餐时说了些什么，我也根本不感兴趣，直到晚些时候在音乐室里，就是说在他喝了超过他承受能力的酒浆之后，他这个人才引起了我的兴趣。因为他，我现在想，在这个过程中发生了很大的变化，他之前在餐厅里说的那一切其实都是废话，我们并不陌生。演员到了白发苍苍的晚年就爱唠叨，我总是躲开他们，我不愿意听他们扯闲篇。他们那些所谓经验之谈，所谓智叟之语，不过是令人厌恶的老年偏执，说白了就是老年愚钝，让人听了心烦。演员上了年纪尤其让人心烦，我总这样想，总是避免与他们聚首。但是当城堡剧院演员酒喝多了，喝得超过了他承受的量，人就变得让人感兴趣了，从他身上忽然出现了某种老年的哲思，就是在他开始不断地说森林、乔木林和伐木这些词语时，如现在所知，这些词语不仅是他的，而且是像城堡剧院演员一样难以计算的无数人对人生的真知灼见；于是，在"艺术家晚宴"行将结束之际，我意识到，城堡剧院演员用他这几个透着人生真谛的词语想要说什么，一再对自己、对别人、对大家想要说什么。于是我开始注意他的话，突然，我想，这个我一开始对其不感兴趣、像人们说的实在招人烦的人，短时间里就变得有意思起来，吸引了我全部注意力。同时，我忽然觉得珍妮·比尔罗特和安娜·施雷克尔说些什么无关紧要了，我只注意城堡剧院演员在说什么，我不再关注珍妮和施雷克尔，更不要说其他人了，整个"艺术家晚宴"期间，他们从一开始就不在我的视线之内，我也从来没注意听他们在谈些什么，甚至没有听到他们谈及的哪怕一丁点儿内容，我想。这位城堡剧院演员开始给人的印象是一个喜欢饶舌的人，用他那些浅薄的笑话和无聊的逸事哗众取宠，在"艺术家晚宴"进行过程中，突然成为这次"艺术家晚宴"上关注的中心，甚至成为一个具有哲学头脑的人物，我当时想，现在我想这种情况不会发生在很多人身上。但时常我们会在年纪大的人那里观察到，他们往往一开始被人视为饶舌者，像典型的维也纳艺术人和知识分子，喜欢讲那些令人讨厌的搞笑段子和逸闻传说，然后在一个晚上的时间里、在一顿晚餐的过程中，逐渐朝所谓哲思方面发展，就像在根茨胡同奥尔斯贝格尔夫妇家的"艺术家晚宴"上，他们先是以可笑和愚蠢使人瞩目，还有自负和高傲，然后随着时间的推移，他们喝起酒来，喝得高于他们的酒量了，忽然我们对他们的反感变成好感，我们发现他们在谈话中，如果说不是加进了哲学元素，也是融入了智慧的思考。我想，城堡剧院演员开始就是作为不折不扣的城堡剧院演员出现，津津有味地吃了他所谓地道的梭鲈鱼，给我的印象是令人反感的人物。那整段时间，吃着梭鲈鱼、讲着逸事和传闻的这位城堡剧院演员让我讨厌，但是突然之间，当他吃完了鱼，抽了两三支雪茄，喝了几杯白葡萄酒之后，变成了有智慧、有哲学头脑的人，就是说，从一个本来惹人讨厌的人物变成了一个会哲思的人，从一个人物变成了一个人。这个发展与通常人们见到的发展正好相反，如果一个人开始表现得像一个人，最终随着时间的推移，在吃吃喝喝之后，因为他变成不了别的什么，就变成了一个令人憎恶的人物。在生活中，我们常常有这样的经历和观察，我们在聚会上遇到一些人，他们随着时间的推移就变成令人憎恶的人物，如同我们所知道的，在诸如此类的聚会中，参加聚会的人们在聚会过程中吃吃喝喝，最后就变成了可恶又可鄙的人物。城堡剧院演员在这个晚上的变化正好与此相反，他从一个令人讨厌的人物变成了一个具有哲学头脑的人，尽管还没有从一个饶舌者变成一位哲学家。最终，这个长时间令我厌恶的人，这个装腔作势弄得我情绪激动甚至怒不可遏的人，反倒让我产生了好感，不再厌恶和恼怒，完全与珍妮·比尔罗特不同。她，我想，首先对城堡剧院演员有好感，然后逐渐地，在吃鱼的过程中便让他弄得恼怒起来，以至于憎恨他。最终我对城堡剧院演员怀有好感，而珍妮·比尔罗特却憎恨他，我想，这说明了一切。他说出森林、乔木林和伐木，这不是因为他年纪大了容易伤感，而是因为他的睿智，我想。他与珍妮对立起来，这绝不是因为年龄差异，也绝不是因为上了年纪产生的随性和偏执，我想。这整个漫长的夜晚，我们一直与维也纳艺术田园里的一个稻草人坐在一起，这样反常的假艺术家，维也纳这座城市不下几百人，到处都可以遇见，我们认识他们，所有这些人，令人憎恶的维也纳画家也好，雕塑家、作家、音乐人和演员也好，所有这些令人讨厌的维也纳狭隘的艺术家。在奥尔斯贝格尔夫妇举办的这个漫长的、实际上完全失败了的、多余的"艺术家晚宴"上，我们就坐在城堡剧院演员的对面，这个典型的维也纳艺术稻草人和伪艺术家，我想，我忽然观察到，从一开始就一味自我表现、使人望而却步、最终让人反感的人，到头来却成为让我们感兴趣的具有哲学头脑的人，成为一个所谓瞬间哲学家。说一切老年人都是哲学家，当然是不对的，但他们有些哲学思考。说一切老人都是哲学家是再愚蠢不过的，但他们的确有时思考比较辩证，无论如何，他们有时考虑问题富有哲理，至少片刻之间，他们的讲话能够体现哲学的思维。就是说，在"艺术家晚宴"过程中，城堡剧院演员成为瞬间哲思者，瞬间哲学家，不管是受了什么启迪和激发。第二天早晨，当他清醒过来，自然又回到原来的他，我们了解和认识的那个愚钝的、令人无法忍受的人，我想。正是这天夜里，根茨胡同的这伙人影响了城堡剧院演员，使他瞬间头脑里出现哲学思维，而不是其他人。在他们身上永远不会出现这样的现象，比如奥尔斯贝格尔夫妇，比如安娜·施雷克尔，至于其他人，就更不可能了，比如那两个年轻作家，就其年龄而言，他们的头脑也不可能有什么哲学思考。为此，得有足够的人生经历，得有由此产生的生活经验，我想，城堡剧院演员具备这样的先决条件。总之，得是上了年纪的人，尤其是那些年已古稀之人，我想，在我有生之年，总是更多地与老年人接触，总是更愿意与老年人打交道，更多地与老年人在一起，而非与年轻人。想当初我自己就是年轻人，我想，不是老年人，我对上了年纪感兴趣而非韶华青春。一切都来自高龄，我一向持此观点。我不害怕承认这样做让我受益匪浅，高龄沉稳总是吸引我，而非年轻气盛。对于后者的认识是来自亲身最直接的体验，我想。城堡剧院演员，我想，他这个头脑里随着时间的推移，在生活的进程中，在他的、我们的、大家的时代经历中，产生了哲学的思考，但受到他自己不断地压制。我们见到的人几乎都是这样，把他们头脑里的哲学思维压制得如此长久，以至于最终消失了，灭亡了。只是偶尔我们才有机会，在他们身上察觉到这种哲学元素。就像我在这个晚宴上，在城堡剧院演员那里发现到的，而他自己可能根本没有察觉，我想，因为他对此一无所知。就这样，城堡剧院演员突然引起了我的兴趣，让我着迷，我想。不说别的，仅就他说出了森林、乔木林和伐木这些词语，并且重复了多次。但这并不等于说我现在就喜欢上城堡剧院演员了。这个不招人待见、归根到底只能算是肤浅的戏剧人，从一开始就给我这样的印象，不再有什么变化，你看他告别的样子，吻奥尔斯贝格尔太太的手，典型的奥地利城堡剧院演员与女士告别的方式，令我深感厌恶。看看他对珍妮·比尔罗特的恭维，完全是多余的，且又荒唐和厚颜无耻。他一面吻她的手，一面说他很欣赏她的胆识，的确他说我很欣赏您的胆识。于是这个人对我来说，又是令人憎恶的人，令人憎恶的城堡剧院演员，如同我一开始对他的感觉。我也喝了不少酒，超过了我的酒量，但是毕竟没有像城堡剧院演员喝得那么多，更不要说与奥尔斯贝格尔先生比了，所有人都离开了根茨胡同，他还没有清醒过来。还有那两个年轻作家，他们始终在唠叨着如何不忿，但却不能说出到底对什么那么不忿，最后也喝得高了，勉强站了起来。最后得说，只有城堡剧院演员一个人，与其他人相比，还有力气、有能力，不仅体面还彬彬有礼地从根茨胡同奥尔斯贝格尔夫妇家走出去，其他所有的人都做不到。梭鲈鱼做得真是好极了，城堡剧院演员最后对奥尔斯贝格尔太太说。然后作为最先告别的客人，单独走下房前楼梯台阶，奥尔斯贝格尔太太长时间目送他。他甚至不摇不晃，我想，我站在上面房门

231

旁，观察着走下楼梯的城堡剧院演员。因为原则上我总是要一个人离开聚会，所以我在门旁，站在奥尔斯贝格尔太太身边等着，直到其他人都走下楼梯。是啊，当大家都离开后，我对奥尔斯贝格尔太太说，悲伤的一天，同时也再次谈起了乔安娜。也许自杀对她来说是最好的选择，我说，而且或许是在最佳时刻，我对奥尔斯贝格尔太太说。随即意识到我的话带来的尴尬，这种令人厌恶的话语，谈及一人自杀，经常会有这样的情况。我们本来是想把这件事往正面说，往好的方面说，反倒背道而驰，说些令人难堪、厌恶的蠢话。我甚至还说她又能有什么光明的未来呢，这话岂不更加令人难堪、更加令人厌恶吗？我又接着说，每个人都应该想怎样做就怎样做。在这种场合，说这话更是不着调、更令人憎恶，最好闭嘴什么也别说了。我快步走下楼梯，仿佛我年轻了二十岁，一步跨两三个，甚至三四个台阶，在下边门厅我对自己说，告别时还吻了奥尔斯贝格尔太太的前额，恰如三十年前那样吻她的前额，恰如五十年代那样，真是荒唐，我想。从根茨胡同出来往城里走，一路上都心生怒气。有二十年没见过奥尔斯贝格尔太太了，我得说，从心里恨她。可是，告别时我竟然吻了她的前额。你吻了她的前额，无论怎么说，你至少吻她的前额了，我在昏暗的城里街道上一直对自己说，心中不胜烦恼。假如我与其他人一道离开，就可以避免这种尴尬的事了。但我不想与其他人一道离开，尤其想要避免再与珍妮待在一起，在大街上，在这种时刻，如果我与她单独在一起，肯定会发生可怕的争论，我要讲给她听的话太多了，要斥责她的话太多了，要顶撞和冒犯的话太多了。我想，反过来她对我也是如此，所以最好还是在门旁等待，让其他人先走吧。与奥尔斯贝格尔太太单独待在那里，比与珍妮独处要更容易忍受些，我想。与珍妮单独待在大街上，无论如何对我都是灾难临头。我想与奥尔斯贝格尔太太单独待在楼上门厅，归根结底要容易忍受些。但我还是责备自己为什么要吻她的前额，二十年，也许是二十二、二十三年，在这些年里，我一直无比地憎恨她。同样，在这些年里，我也恨她的丈夫。如今，我却在她面前，谎称参加所谓的"艺术家晚宴"让我感到快乐，其实没有什么比这更令人厌恶的了。我们往往为了让自己逃脱困境，我想，把我们自己弄得与那些我们痛斥其虚伪的人同样虚伪。我们痛斥他们，轻视、诬蔑和糟蹋他们，可是我们其实并不比这些人好多少，事实就是这样，我们总是觉得他们不可忍受、可憎、可恶，觉得尽量不要与他们接触，而实际上，如果我们实话实说，我们总是与他们打交道，我们同他们并没有什么两样。我们抨击他们，说他们如何令人无法忍

233

受、如何令人不齿，其实我们自己跟他们一样令人无法忍受、跟他们一样令人不齿，可能比他们还更令人无法忍受、更令人不齿，我想。我对奥尔斯贝格尔太太说，跟他们，奥尔斯贝格尔夫妇，重新建立了联系，在二十年之后，又来到根茨胡同他们家里，我真是太高兴了，在说这番话的同时，我想，我是一个多么卑鄙、多么虚伪的人啊，说起谎来，的确脸不红心不跳，哪怕是最卑劣的谎言也不能让我望而却步。我对城堡剧院演员很有好感，还有安娜·施雷克尔，甚至那两个年轻作家，以及那两个候补工程师，也都给我留下不错的印象，我站在门厅门口对奥尔斯贝格尔太太说。看着其他客人走下楼梯，这些令我讨厌的人，而我却对身旁的奥尔斯贝格尔太太说，与这些人聚会让我感到十分满意。我想，如此卑鄙的谎言我竟然能脱口而出，在她面前我竟然睁着眼睛说瞎话，嘴上说的跟心里想的刚好相反，无非只为了眼前这一刻能好受点儿。我当着她的面说，这个夜晚没有听到她的歌声真是太遗憾了，没有谁能把普赛尔咏叹调唱得像她唱得那样美，那样动听，那样独特，总之，二十年来，中断了与她和她丈夫奥尔斯贝格尔先生的来往，真是太遗憾了，这又是彻头彻尾的撒谎，是我那些最卑鄙无耻的谎言之一。我还对她说，这次晚宴乔安娜不能参加，实在是太让人难过了，我对她说，我从伦敦回来，不说是彻底归来，也是要在奥地利待很长时间，我们俩，我和奥尔斯贝格尔太太，重又建立了联系，这可能完全是乔安娜的意思，将来也要保持这样的联系。我这是在当着奥尔斯贝格尔太太的面肆无忌惮地口是心非，其他人这时正在离开奥尔斯贝格尔夫妇家，我和她站在上面，门厅里能够听到他们离开的脚步声。乔安娜得死，得自杀，以便我们又能走到一起。这种话我也对奥尔斯贝格尔太太说了，并短暂地拥抱她，如上所述吻了她的前额，然后跑下楼梯，来到大街上。走在返回住处的路上，因为对奥尔斯贝格尔太太所说的一切都是言不由衷，都是完全有意识的撒谎而感到痛苦。实际上我憎恨奥尔斯贝格尔太太，这次所谓的"艺术家晚宴"后仍然如之前一样憎恨她，我憎恨奥尔斯贝格尔先生，音乐界的诺瓦利斯，在五十年代专业上就停滞不前的所谓韦伯恩的继承者，对他的憎恨更比对奥尔斯贝格尔太太有过之而无不及。对他们心里怀着这样的憎恨已经有二十年了，我想，他们当时，在二十年前，十分卑鄙地欺骗了我，一有机会便在众人面前编排我，诋毁我，把我糟蹋得不成样子。我终于离开了他们，为了拯救自己，为了不被他们吞噬，我背离了他们，离开了他们，不是他们过去和现在一向声称的那样，他们不理睬我了，离开我了。这二十年来，直到今天，他们一再说我利用了他们，他们多年里帮助我、养活我，实际上一向是我养活了他们，我拯救了他们。我不是用钱，是以我全部的能力养活了他们，而不是相反。我在胡同里急急走着，仿佛我是在逃离噩梦，越走越快，来到内城，我匆忙地走，并不知道为什么走到内城里来，我要回家应该朝与此相反的方向才对，也许我现在根本就不想回家，我对自己说，若是这个冬天我留在伦敦多好。现在是凌晨四点，本该往家里走，却走进内城，我对自己说，无论如何，我本该留在伦敦呀，现在跑到维也纳内城里来，并不知道为什么到内城里来，原本是要往家里走，我对自己说，伦敦总是带给我幸福，维也纳总是让我不幸。我跑啊，跑啊，仿佛现在，我在八十年代里还要逃脱五十年代奔向八十年代，奔向这危险、无助和愚钝的八十年代。我又想，与其参加如此乏味无聊的"艺术家晚宴"，倒不如待在家里读我的果戈理，或者我的帕斯卡，或者我的蒙田。我一路小跑，逃离奥尔斯贝格尔家的这场噩梦，越来越劲头十足地逃离奥尔斯贝格尔家的这场噩梦，奔向内城，边跑边想，我正在其中疾步行走的这座城市，无论以前还是现在，我一直觉得其面目狰狞，此刻我觉得它是最好的城市，这个一直让我憎恨的维也纳，此刻我忽然觉得是最好的、我最喜欢的维也纳，而这些人，这些我之前一直憎恨、现在仍然憎恨、将来也会憎恨的人，其实是最好的人，我恨他们，其实他们是令人感动的人，我恨维也纳，其实这座城市着实令人热爱，我想，同时继续在内城快步行走，这座城市是我的城市，将永远是我的城市；这些人是我的人，将永远是我的人，我一边快步走着一边想，我曾幸免许多可怕厄运的打击，根茨胡同这次堪称一劫的所谓"艺术家晚宴"，我也全身而退了，我一定要写一写根茨胡同这次所谓的"艺术家晚宴"，尽管还不知道应该写什么，不过就是要写点儿什么。我一边快步走着，走着，一边想，我将立即着手写关于根茨胡同这次所谓的"艺术家晚宴"，随便写什么，只要立刻就写，马上动手，我想，仍然还在内城快步走着，立刻动手，马上就写，我想，事不宜迟，切莫等到为时已晚。

残酷的灵魂拷问——代译后记

奥地利作家伯恩哈德的小说《伐木》在中国已不陌生。2015 年，波兰著名戏剧导演陆帕曾在天津、北京推出他执导的、根据这部小说改编的话剧。演出盛况空前，一时间成为中国戏剧界的热门话题。

这部发表于 1984 年的小说，特点在于对人物内心世界的无情剖析。小说讲的是一次所谓"艺术家晚宴"，这场聚会堪称文艺界的缩影。着力表现的人物有晚宴举办者奥尔斯贝格尔夫妇、舞台形体动作设计者乔安娜、作家珍妮，晚会的主角是主演话剧《野鸭》的城堡剧院演员，最主要的当然是大部分时间作为旁观者的讲述者。这位讲述者虽然不再年轻，但眼睛益发锐利，又占据有利位置，把晚宴的举办者和参加者观察得一清二楚，并且能穿透表象，直击灵魂深处。

奥尔斯贝格尔夫妇原本有不俗的艺术修养，太太曾是歌唱演员，先生擅长作曲，被认为是韦伯恩的继承者。但是夫妇俩并没有把精力放在专业发展上，而热衷于举办文艺沙龙，他们以提携有天资的文艺青年为幌子，实际上干着不可告人的勾当，他们提供资金把这些青年吸引到他们家里，首先就是让青年人上他们的床，满足他们的情欲。他们依靠继承下来的房产，追求虚荣、附庸风雅，过着腐败、寄生的生活。

作家珍妮自诩维也纳的伍尔夫，开始还批评政府主管文艺的部门如何无知和浅薄，但为了获得国家大奖，最终与这些部门沆瀣一气，牺牲个性，背叛了艺术创作的真谛，出卖了自己的灵魂。

乔安娜是到维也纳追求发展的文艺青年，现实的丑陋让她最终不得不放弃了自己的志向，转向全力以赴帮助和培养她那编织壁毯的丈夫，她迫使丈夫不停顿地向上攀登，同时把自己压迫得越来越低下，她丈夫最终成为蜚声世界的壁毯艺术家，他的名望让她感到窒息。结果她丈夫成功了，而她自己则毁灭了。因为她从未心甘情愿地接受放弃自我这个事实，始终生活在绝望中。丈夫功成名就后，与她的闺蜜一起抛弃乔安娜，到国外发展。乔安娜内心的痛苦自不待说，她酗酒度日，最终自缢身亡。

在维也纳，城堡剧院代表戏剧艺术的最高殿堂，就像北京人艺之于北京。城堡剧院演员这个晚宴的主角，头顶熠熠光环，其实是平庸、愚钝之辈。虽然随着阅历、资历的加深，他已进入骨干和主演行列，自以为他演的角色，比如《野鸭》的主人公艾克达尔，超过欧洲任何其他剧院的演出，包括剧本的故乡挪威。诚然，他比那些在舞台上咆哮和动辄挥手抡臂的演员强得多，他能认真阅读有关资料了解扮演的人物，为了演好艾克达尔这个角色，他甚至数日待在山上茅屋里体验人物的心理。但是他缺乏深厚的文化修养，他扮演的人物能在舞台上站立起来，但还不能站稳，没有根底，更不要说达到出神入化的境地了。

讲述者年轻时崇拜作家珍妮，与其关系极为密切，无数个夜晚在她家里，为她朗读文学作品，包括珍妮自己写的诗歌，直到凌晨。讲述者从她那里了解和熟悉了二十世纪国内外文学，并且通过她认识了奥尔斯贝格尔夫妇和乔安娜，最终拥有了丰富的阅历和扎实的文学修养，成为作家。

讲述者毫不留情地剖析这些曾培养和帮助过他的人，认为他们实际上在利用他、榨取他，相反是他付出自己的一切帮助了他们。他憎恨他们（乔安娜除外，她是艺术的化身，单纯得如童话里的人物），庆幸在关键时刻从他们设下的圈套里逃离出来，与他们一刀两断。

讲述者讨厌城堡剧院演员在晚宴上那些无聊的讲述，但这个演员对珍妮的斥责却让他十分欣赏，并感到万分痛快。原来，作家珍妮听到城堡剧院演员对自己在《野鸭》中扮演的角色深感满意，便旁敲侧击，她认为城堡剧院演员演的艾克达尔，没有斯特林堡笔下的人物埃德加难演。她接着又追问，不久之后一名德国戏剧天才要到城堡剧院执导，她想知道城堡剧院演员有何感想。当城堡剧院演员仍然没有搭理她，她坚持我行我素，接着问这个已近晚年的演员对自己的舞台生涯是否满意。一再的提问终于让这个演员激动起来，他说他其实早已厌倦了文艺界的生活，希望到自然、到森林中去，过伐木工人那样简单、朴实的生活。他毫不留情、劈头盖脸地斥责珍妮的挑衅，认为她这个人狭隘、妒忌、卑劣。早知道她在这里，他是不会来赴宴的。

讲述者早就期待有人能如此这般当面揭露珍妮的嘴脸，对她进行讨伐，并惊喜地发现，他一直蔑视的城堡剧院演员面对珍妮卑劣的逼问脑洞大开，竟然说出"森林，乔木林，伐木"这样内涵深邃的话，成为"瞬间哲学家"。这瞬间的睿智，是珍妮的卑劣行为促成的。这是一场罕见的情感波澜。讲述者想到自己憎恶的那些人，"总是觉得他们不可忍受，可憎、可恶"，而实际上，"我们同他们并没有什么两样"。不是他们抛弃了"我们"，而是"我们"背叛了他们。"我们"抨击他们，砍伐他们，"说他们如何令人无法忍受、如何令人不齿，其实我们自己跟他们一样令人无法忍受、跟他们一样令人不齿，可能比他们还更令人无法忍受、更令人不齿"。

小说结尾，讲述者离开"艺术家晚宴"，急急忙忙往城里走。他说关于"艺术家晚宴"一定要写下点儿什么，他必须快速赶路，害怕为时已晚。因为他担心一旦冷静下来，在情感波澜中出现的那些真情实感，那些思绪和觉悟会淡化、会消失，人也会重新回到根深蒂固的、虚伪的、表演出来的生活状态。"艺术家晚宴"上的那些人都以假象示人，从不展现真实状态，"因为他们从未有勇气和力量真实地生活"。讲述者认为自己也不例外，一辈子都是在表演，他过的生活"不是真实的生活"，是在演戏，"总是在表演给人看"，这种表演太过分了，以至于他自己甚至相信了这就是真实的自我。

这部作品发表后一度引起轩然大波，有人对号入座，抗议作者利用文学作品对他人进行攻击和毁誉，并诉诸法律，以至于短时间内此书被禁，书店里的书被下架。当然这只是一时的现象，这部小说不久就恢复了正常出版发行，并因此销量大增。这是一部残酷地拷问灵魂的书，如此不留情面、不理睬禁忌地把剖析的利刃直接伸向灵魂深处，使我想起张洁的《无字》。伯恩哈德的《伐木》是作者把自

243

身经历和虚构更加明显地融合在一起的作品。《无字》是以作者本人的故事为原型的创作。王蒙对《无字》评论说："一个作家究竟应该无所不写，还是有所不写？"他认为这关乎一个作家的文德与文格，是一个人节操与原则的表现。奥地利著名作家图里尼读过《伐木》后说，伯恩哈德书中的形象很容易让人想到现实中维也纳文学界中的人物，他认为《伐木》是一本很杰出的小说，但从人道方面考虑这本书是有问题的。从王蒙和图里尼的评论反映出，这两本书在揭示人性丑陋方面达到了令人震撼的深度。2003 年，德国"文学教皇"赖希-拉尼茨基主编的"德语文学史必读小说范本"选入自 18 世纪至当代的小说 20 种，以歌德的《少年维特之烦恼》开始，经过托马斯·曼的《布登勃洛克一家》、君特·格拉斯的《铁皮鼓》，到伯恩哈德的《伐木》结束。

这本书的书名为什么叫《伐木》，2015 年波兰剧院在天津演出《伐木》期间，记者曾专门问过波兰导演陆帕，他认为"伐木"有两重意义。一方面主人公厌恶自己的生活环境，渴望回到森林和自然中去；另一方面作者批判那些伐木者，那些毁坏艺术创作环境的伪艺术家。我在翻译《伐木》时想到伯恩哈德的小说《水泥地》，书中音乐评论人"我"与伐木工人相处甚笃，晚上经常待在他们那里，向往伐木工过的那种自然、单纯、朴实的"伐木生活"。中国《诗经·小雅·伐木》有这样的诗行："出自幽谷，迁于乔木。"另外，"伐木"的砍伐意义有两个层面，既表达砍我秀木毁我森林，也意味着只有除掉枯枝败叶和丑木歪树，才能形成挺拔高大的乔木林。

马文韬
2021年深秋于芙蓉里

托马斯·伯恩哈德生平及创作

1931 托马斯·伯恩哈德生于荷兰海尔伦。母亲赫尔塔·伯恩哈德与阿洛伊斯·楚克施泰特未婚怀孕。赫尔塔于 1930 年夏离开奥地利，到荷兰打工做保姆，1931 年 2 月 9 日生下托马斯。操木匠手艺的生父不承认这个儿子，逃脱责任去了德国。这年秋天，母亲将托马斯送到维也纳她父母家里。

1935 外祖父母迁居奥地利萨尔茨堡州的泽基尔兴，外祖父约翰内斯·弗洛伊姆比希勒是位作家，很喜欢托马斯这个外孙。

1936 母亲赫尔塔与理发师埃米尔·法比安在泽基尔兴结婚。

1937 继父法比安在德国巴伐利亚州找到工作，母亲带托马斯随后也到了那里。

1938 生父楚克施泰特与他人结婚。母亲生下彼得·法比安，托马斯的同母异父弟弟。

1940 母亲生下苏珊·法比安，托马斯的同母异父妹妹。

生父楚克施泰特在柏林自杀。

1941　　　母亲与托马斯不睦，托马斯作为难以教育的儿童被送到特教所。

1943—1945　在萨尔茨堡读寄宿学校，经历了盟军对萨尔茨堡的轰炸。

1946　　　法比安一家被逐出德国，移居萨尔茨堡。一大家人包括外祖父母，挤在拉德茨基大街两居室单元房里。托马斯读高级中学。

1947　　　托马斯辍学，在萨尔茨堡贫穷的居民区一家位于地下室的食品店里当学徒。

1948—1951　托马斯患结核性胸膜炎，后来加重发展成肺病，在多处医院住院治疗，在寂寞、无聊，甚至绝望中，他开始了阅读和写作。

1949　　　外祖父去世。

1950　　　结识斯塔维阿尼切克医生的遗孀——比他大三十七岁的黑德维希·斯塔维阿尼切克女士，她直至1984年逝世始终支持伯恩哈德的文学活动。通过这位居住在维也纳的挚友，正在开始写作的伯恩哈德接触了奥地利首都的文化界。伯恩哈德在他的散文作品（亦称小说）《维特根斯坦的侄子》中借助主人公"我"说，"我有我的毕生恩人，或者说我的命中贵人，在外祖父去世后她是我在维也纳最重要的人，是我毕生的朋友……坦白地讲，自从她三十多年前出现在我身旁那个时刻起，可以说我的一切都归功于她"，这就是伯恩哈德对这位女士的评价。伯恩哈德的母亲去世。

247

1952	发表文学创作处女作：诗歌《我的一块天地》，刊登在《慕尼黑水星报》上。
1952—1955	通过著名作家卡尔·楚克迈耶的介绍，担任萨尔茨堡《民主人民报》自由撰稿人。与斯塔维阿尼切克女士一起到意大利威尼斯、南斯拉夫等地旅行。
1955—1957	在萨尔茨堡莫扎特音乐学院学习声乐和表演。
1957	发表第一部著作：诗集《世上和阴间》。
1960	参加戏剧演出。
1963	散文作品《严寒》由德国岛屿出版社出版，引起德语国家文学评论界的注目，报界认为这是文学创作一大重要成就。到波兰旅行。
1964	发表短篇《阿姆拉斯》。获尤利乌斯·卡姆佩奖。
1965	在上奥地利州的奥尔斯多夫购置一处旧农家宅院，后来又在附近购置两处房产，整顿和装修持续了几乎十年。由于伯恩哈德的身体状况，医生要他经常去欧洲南部有阳光和空气清新的地方，实际上他很少住在奥尔斯多夫这一带，但是这些地方成为他作品里人物活动的中心。获德国自由汉莎城市不来梅文学奖。
1967	发表长篇《精神错乱》。获德国工业联邦协会文化委员会文学奖。由黑德维希·斯塔维阿尼切克女士资助，伯恩哈德住进维也纳一家医院治疗肺病。从此黑德维希伴随伯恩哈德经历了他生活中的喜怒哀乐。她成为伯恩哈德生活的中心，反之亦然。在《历代大师》中，主人公雷格尔回忆妻子的许多话语反映出伯恩哈德与她之间的关系。

1968　发表散文作品《翁格纳赫》。获奥地利国家文学奖和安东·维尔德甘斯奖。

1969　发表散文作品《玩牌》、短篇集《事件》等。

1970　第一个剧本《鲍里斯的节日》由德国著名导演克劳斯·派曼执导，在汉堡话剧院首演，之后德语国家许多知名剧院都将该剧纳入演出计划。后来派曼应邀到维也纳执导多年。伯恩哈德的杰出戏剧成就在某种程度上得益于这位导演的艺术才华。同年发表散文作品《石灰厂》。获德国文学最高奖毕希纳奖。

1971　到南斯拉夫举行朗诵作品旅行。发表散文作品《走》和电影剧本《意大利人》。

1972　由派曼执导的《无知者和疯癫者》在萨尔茨堡艺术节首演，由于剧场使用方面的一个技术问题与萨尔茨堡艺术节主办方发生争执，该剧被停演。获弗朗茨·特奥多尔·乔科尔文学奖和格里尔帕策奖。退出天主教会。

1974　戏剧作品《狩猎的伙伴们》在维也纳城堡剧院上演。《习惯的力量》在萨尔茨堡艺术节上首演。获汉诺威戏剧奖。

1975　自传性散文作品系列第一部《原因》问世。戏剧作品《总统》首演。发表散文作品《修改》。

1976　戏剧作品《著名人士》《米奈蒂》首演。发表自传性散文作品《地下室》。获奥地利联邦商会文学奖。萨尔茨堡神父魏森瑙尔把伯恩哈德告上法庭，指控《原因》中的人物弗朗茨是影射他，玷污了他的名誉。

1978 发表剧本《伊曼努尔·康德》、短篇集《声音模仿者》、散文作品《是的》(即《波斯女人》)，以及自传性散文作品《呼吸》。

1979 伯恩哈德以戏剧作品《退休之前》参加关于德国巴登-符腾堡州州长是否具有纳粹背景的讨论。在联邦德国总统瓦尔特·谢尔被接纳进德国语言文学科学院后，伯恩哈德宣布退出该科学院，不再担任通讯院士。

1980 德国波鸿剧院首演《世界改革者》。

1981 戏剧作品《到达目的》首演。发表自传性散文作品《寒冷》。

1982 发表长篇散文作品《水泥地》《维特根斯坦的侄子》，以及自传性散文作品《一个孩子》。戏剧作品《群山之巅静静悄悄》首演。

1983 散文作品《沉落者》问世。

1984 戏剧作品《外表捉弄人》首演。发表散文作品《伐木》引起麻烦，由于盖哈德·兰佩斯贝格声称名誉受到该作品诋毁而起诉了作者，该书被警方收缴。翌年兰佩斯贝格撤回起诉。进入1980年代，黑德维希·斯塔维阿尼克切健康状况变坏，1984年病故，在维也纳格林卿公墓与其丈夫埋葬在一起。

1985 发表长篇散文作品《历代大师》。萨尔茨堡艺术节上演《戏剧人》。

1986 戏剧作品《就是复杂》在德国柏林席勒剧院首演。萨尔茨堡艺术节上演《里特尔、德纳、福斯》。发表篇幅最长的、最后一部散文作品《消除》，一出奥地利社会的人间戏剧，主人公的出生地沃尔夫斯埃格成为奥地利历史的基本模式。

1987　发表剧作《伊丽莎白二世》。

1988　由派曼执导的伯恩哈德的话剧《英雄广场》提醒人们注意50年前欢呼希特勒的情景并没有完全成为过去，由于剧情提前泄露引起轩然大波，奥地利第一大报《新闻报》抨击该剧"侮辱国家尊严"，某位政治家要求开除剧本作者的国籍，部分民众威胁作者和导演当心脑袋，演出推迟三周后才冲破重重阻力，于11月4日在维也纳城堡剧院首演，演出盛况空前，引起欧洲乃至世界的关注。

1989　2月10日伯恩哈德在遗嘱上签字，主要内容是在著作权规定的70年内禁止在奥地利上演和出版他已经发表的或没有发表的一切著作。由于长期患肺结核和伯克氏病，并出现心脏扩大症状，加之呼吸困难和心力衰竭，2月12日伯恩哈德在上奥地利州的格蒙登逝世。2月16日遗体安葬在维也纳格林卿公墓，与其命中贵人黑德维希·斯塔维阿尼切克女士及其丈夫葬在一起。

文景

Horizon

社 科 新 知　文 艺 新 潮

上海文化发展基金会资助项目

伐木：一场情感波澜

[奥地利] 托马斯·伯恩哈德　著

马文韬　译

出 品 人：姚映然
责任编辑：高晓明
营销编辑：杨　朗
装帧设计：XYZ Lab

出　　品　北京世纪文景文化传播有限责任公司
　　　　　（北京朝阳区东土城路8号林达大厦A座4A　100013）
出版发行　上海人民出版社
印　　刷　山东临沂新华印刷物流集团有限责任公司
制　　版　南京展望文化发展有限公司

开 本：787mm×1092mm　1/32
印 张：8　　字 数：138,000　　插 页：2
2023年10月第1版　　2024年1月第2次印刷
定 价：75.00元
ISBN：978-7-208-18343-8 / I·2090

图书在版编目（CIP）数据

伐木：一场情感波澜 /（奥）托马斯·伯恩哈德著；
马文韬译.—上海：上海人民出版社，2023
　ISBN 978-7-208-18343-8

Ⅰ.①伐… Ⅱ.①托…②马… Ⅲ.①长篇小说—奥
地利—现代 Ⅳ.①I521.45

中国国家版本馆CIP数据核字（2023）第103710号

本书如有印装错误，请致电本社更换 010-52187586